DOS DIAS DE CHUVA

A LOJA

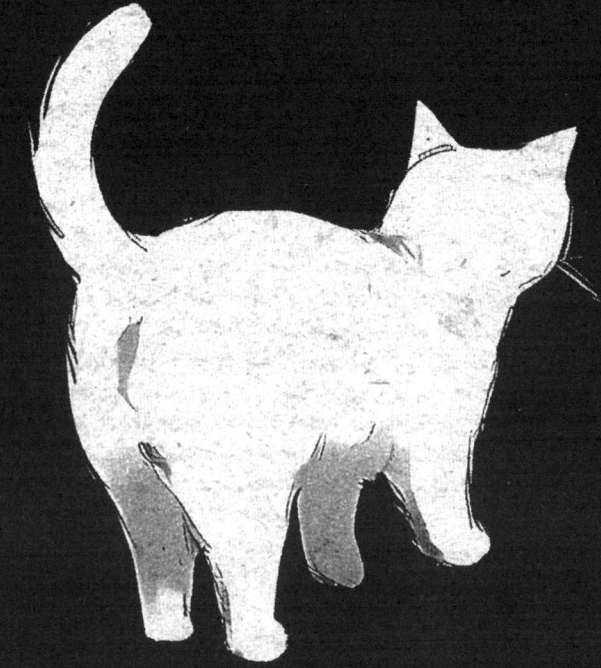

YOU YEONG-GWANG

A loja dos dias de chuva

TRADUÇÃO **Jae Hyung Woo**

Título original: 비가 오면 열리는 상점; *The Rainfall Market*
Copyright © 2023 by 유영광, You Yeong-gwang
Publicado originalmente por Clayhouse Inc.
A edição brasileira é publicada em acordo com Clayhouse Inc.
por meio da BC Agency, Seoul.

Direitos de edição da obra em língua portuguesa no Brasil adquiridos pela Livros da Alice, selo da Editora Nova Fronteira Participações S.A. Todos os direitos reservados. Nenhuma parte desta obra pode ser apropriada e estocada em sistema de banco de dados ou processo similar, em qualquer forma ou meio, seja eletrônico, de fotocópia, gravação etc., sem a permissão do detentor do copirraite.

Editora Nova Fronteira Participações S.A.
Av. Rio Branco, 115 — Salas 1201 a 1205 — Centro — 20040-004
Rio de Janeiro — RJ — Brasil
Tel.: (21) 3882-8200

DADOS INTERNACIONAIS DE CATALOGAÇÃO
NA PUBLICAÇÃO (CIP)

Y68l   Yeong-gwang, You

        A loja dos dias de chuva/ You Yeong-gwang; traduzido por Jae Hyung Woo. – 1. ed. – Rio de Janeiro: Livros da Alice, 2025
        224 p. ; 15,5 x 23 cm

        Título original: 비가 오면 열리는 상점; *The Rainfall Market*

        ISBN: 978-65-85659-20-8

        1 . Literatura infantojuvenil I. Título.

                                      CDD: 810
                                      CDU: 821.111(73)

André Felipe de Moraes Queiroz – Bibliotecário – CRB-4/2242

CONHEÇA OUTROS LIVROS DA EDITORA:

SUMÁRIO

PRÓLOGO 7

EPISÓDIO 1
Boato estranho 8

EPISÓDIO 2
Uma carta suspeita.. 15

EPISÓDIO 3
Calor escaldante... 22

EPISÓDIO 4
A véspera da estação das chuvas............................ 29

EPISÓDIO 5
Toriya, o porteiro... 36

EPISÓDIO 6
A loja dos dias de chuva...................................... 42

EPISÓDIO 7
A loja de penhores de infortúnios de Berna 48

EPISÓDIO 8
O balcão de informações de Durov 57

EPISÓDIO 9
O salão de cabeleireiro de Emma 65

EPISÓDIO 10
A livraria de Mata 81

EPISÓDIO 11
A perfumaria de Nicole 95

EPISÓDIO 12
O jardim de Popo 109

EPISÓDIO 13
O restaurante de Bordo e Bormo 124

EPISÓDIO 14
A loja de curiosidades de Pangko 140

EPISÓDIO 15
O ferro-velho de Haku 148

EPISÓDIO 16
O cassino de Grom 157

EPISÓDIO 17
A prisão do labirinto subterrâneo 173

EPISÓDIO 18
O lounge bar de Yan 185

EPISÓDIO 19
A cobertura 192

EPISÓDIO 20
Issha, o espírito-guia 199

EPISÓDIO 21
O armazém de tesouros 205

EPISÓDIO 22
Arco-íris 213

EPÍLOGO 217

PRÓLOGO

TZZ... TZZ...
— Está com defeito, de novo.
Serin estava mexendo em um rádio antigo, raro de se encontrar hoje em dia, quando acabou não resistindo e deu uma pancada tão forte nele que fez um barulhão.
— *Devido à influência da alta pressão atmosférica no Pacífico Norte, a previsão é de chuva em todo o país a partir da próxima semana.*
Não estava claro como tinha voltado a funcionar, mas a voz do meteorologista tinha saído do rádio.
Serin quase derrubou o aparelho, que já estava meio escangalhado.
A tão esperada chuva finalmente estava chegando.
E, quando chove, a "loja para a qual se pode vender infortúnios" abre as portas.

EPISÓDIO 1:
BOATO ESTRANHO

Em algum lugar bem afastado da cidade, existia um lugar chamado Rainbow Town.

E em algum local em Rainbow Town, existia uma casa abandonada. Um boato estranho sobre aquele lugar circulava há algum tempo. Dizia que, quem manda uma carta contando sua história para essa velha casa abandonada caindo aos pedaços, recebe um bilhete anônimo em reposta. O resto dos rumores era ainda mais absurdo. Dizia que a pessoa que fosse até a casa abandonada com o bilhete no dia em que começa a estação das chuvas poderia mudar a própria vida como desejasse.

— Mas que absurdo.

— Quem acredita nessas coisas hoje em dia?

No começo, parecia apenas um boato inventado por diversão, mas foi se espalhando mais e mais, como se tivesse criado pernas, e ficando cada vez mais elaborado.

Embora os detalhes divergissem um pouco, todas as histórias tinham algo em comum.

— É verdade o que vi. Por que não acreditam em mim?

Aqueles que afirmavam ter estado na casa abandonada diziam ter conhecido pessoas de lá que se denominavam goblins. Apesar de parecidos com os humanos, não poderiam ser chamados como tal. Além disso, como se tivessem combinado antes, contavam que estiveram em um lugar oculto, com uma atmosfera misteriosa, onde os goblins viviam juntos.

— Que baboseira.

É claro que as pessoas não acreditavam facilmente em histórias tão estranhas. Ainda assim, não eram poucas as que demonstravam grande interesse, como Serin. A maioria zombava ao ouvir gente ao redor falando sobre goblins e bilhetes, mas Serin estava tão absorta nos rumores que até largava a colher durante as refeições. Por isso, naquele exato momento, estava sentada em uma cadeira no canto mais afastado da biblioteca com o livro chamado *Os segredos da loja dos goblins*, que teve tanto trabalho para reservar e pegar emprestado.

O livro era incomum logo na capa. À primeira vista, parecia que a editora havia se esforçado muito, pois era feita de um material que mudava de cor dependendo da luz e do ângulo de visão. Serin observou-a de vários ângulos por um tempo. Frases como "A verdade sobre o boato foi finalmente revelada" chamaram sua atenção e, acima de tudo, havia um grande selo vermelho que indicava se tratar de um best-seller. Mesmo uma pessoa como Serin, que era avessa à leitura, pegaria o livro pelo menos uma vez, se estivesse na sua frente.

A prova disso era que, mesmo sendo um livro lançado recentemente, já estava com sinais de muito desgaste. Serin acalmou sua agitação e virou a página com cuidado.

Eita, o que é isso?, estranhou.

Bem no verso da capa, havia uma foto do rosto do autor com um sorriso artificial. No entanto, alguém tinha desenhado óculos com marcador permanente e pintado alguns dentes de preto, de modo que o rosto original estava irreconhecível.

Dentro do livro, a situação não era muito diferente. Além de vários rabiscos, também havia vestígios de números de telefone e de contas anotados às pressas. O sublinhado a lápis era o menor dos problemas. Havia até algumas manchas amareladas e endurecidas. Serin se consolou tentando desesperadamente não ligar para aquilo. Afinal, o que importa é o conteúdo.

Felizmente, o livro era interessante desde o início. A primeira parte contava a breve história de como o autor foi à loja dos goblins. Ele relata trechos de seu passado vergonhoso e diz que viveu uma época da vida sem esperança, a ponto de entrar e sair da prisão várias vezes.

Essa pessoa é tão digna de pena quanto eu, pensou Serin.

O autor então conta que, cada vez que saía da prisão, tentava recomeçar a vida com honestidade, mas ninguém contratava uma pessoa com um passado igual ao dele. Sem oportunidades, passou por muitas dificuldades. Sem ter para onde ir, acabou ficando completamente desamparado.

Então, por acaso, certo dia pegou um jornal para ver anúncios de vagas de trabalho e se deparou com um trecho estranho que dizia: "Envie-nos sua história." Algum tempo depois, levado pela vontade de desabafar sobre a própria situação, escreveu seu relato, sem se importar muito com a caligrafia, e enviou. Para sua surpresa, recebeu um bilhete junto com um convite para ir a uma loja estranha.

Será que consigo um bilhete também?

Serin comparou a situação do autor com a dela própria, mas achou difícil seguir com essa linha de raciocínio. Não era algo que ela teria como descobrir naquele momento.

Chegou rapidamente à metade do livro. À medida que os capítulos avançavam, eram listadas as características dos goblins que o autor encontrou e o tamanho aproximado da loja. O fato de ter um mapa anexado fazia com que o livro parecesse o guia de uma atração turística. Estava organizado bem o suficiente para ser considerado essencial para alguém que desejasse ir à loja, mas não prendeu a atenção de Serin por muito tempo. Era uma tarde preguiçosa, e ela estava com sono. Não se preocupou em segurar um bocejo.

— Uaaah.

Somente na última parte do livro é que o autor explicava em detalhes a felicidade que havia escolhido e como ela realmente foi alcançada. Seu desejo era se tornar um escritor famoso e, segundo ele, pouco tempo depois de escrever o manuscrito de *Os segredos da loja dos goblins* ele havia conseguido assinar contrato com uma renomada editora O resultado estava confirmado na capa. Serin pensou que o livro terminaria daquela forma, no entanto havia um apêndice incomum.

É isso!

O conteúdo do apêndice era o que mais interessava a ela e por isso pegara o livro. O sono parecia ter ido embora.

O texto continha dicas detalhadas sobre como enviar histórias para a loja dos goblins. Foi algo que o autor compilou à sua maneira depois de conhecer pessoas que visitaram o lugar, acrescentando suas próprias experiências. Ele afirmava com uma ênfase que a Serin pareceu bastante verossímil.

Onde deixei a caneta?

Ela anotou em um pequeno caderno os cuidados e pontos úteis que deveria ter em mente ao escrever e enviar uma história.

Segundo o livro, a melhor maneira era escrever com honestidade, contando a situação de vida como ela era de verdade, em vez de inventar e colocar informações demais. Por mais que fosse difícil acreditar, enfatizava o autor, os goblins podiam ler o pensamento dos humanos e eram rápidos em detectar mentiras. Além disso, dava uma explicação detalhada, com vários motivos, sobre como os goblins se importam mais com a situação atual da pessoa do que com suas habilidades de escrita.

Será que devo acreditar nisso?

Por fim, o livro terminava com a mensagem de que, quando o autor já pensava em desistir de tudo, a loja dos goblins mudara a vida dele. Então, se o leitor estivesse sem esperanças, ele aconselhava que experimentasse pelo menos uma vez.

Serin voltou para a sala de aula, mas não conseguiu se concentrar na matéria.

A razão para isso não era o fato de o *hanbok* que o professor vestia o ano todo ter agora uma abertura enorme na axila, nem os cabelos laterais dele, que cobriam a parte calva, terem caído e estarem soltos.

O motivo de sua distração era o livro que lera na hora do almoço.

O professor, que parecia prestes a preencher toda a lousa com giz, estava explicando a matéria com afinco, chegando até a respingar grossas gotas de saliva, mas a atenção de Serin estava inteiramente voltada para a loja dos goblins.

Goblin, uma ova.

Serin balançou a cabeça para se livrar desse pensamento. Porém, os pensamentos perturbadores não desapareceram, pelo contrário, apenas chamaram a atenção do professor.

— Kim Serin, preste atenção, ouviu?

Serin percebeu tarde demais que o professor estava olhando para ela, e rapidamente se desculpou.

— Desculpe…

O professor pareceu descontente e, só então, ajeitou os cabelos desgrenhados nas laterais. Por fim, ajustou os óculos de armação dourada e retomou a aula. Mas quando o giz quebrou, não uma vez, mas várias, ele descarregou sua frustração na lousa, dizendo que não se faz mais nada durável hoje em dia.

O rosto de Serin ficou vermelho, e ela baixou a cabeça, como se fosse a culpada.

Alguns alunos olhavam para ela de canto de olho, sem demonstrar nenhum interesse em particular. Algo com o qual Serin também já estava acostumada.

Serin voltou para casa e ligou o pequeno abajur. Como sempre, brincou com a frequência do rádio antigo e sintonizou em sua estação de música favorita.

Originalmente, o rádio era de um vermelho elegante, mas com o tempo tornou-se da cor de uma luva de borracha. Até que funcionava bem para um aparelho antigo, mas recentemente parecia estar chegando ao fim de sua vida útil e teve que passar por alguns consertos para que voltasse a funcionar direito.

Está ficando cada vez mais frequente.

Apesar disso, havia uma única razão pela qual não poderia jogá-lo fora.

Era a única lembrança deixada pelo pai.

Ela não tinha lembranças dele. Diziam que ele falecera em um acidente repentino quando ela era criança. Sua mãe tentou jogar o rádio fora várias vezes, mas Serin insistiu em guardá-lo para si. Então, a mãe não teve escolha senão fazer a vontade da filha.

O rádio era o único amigo que falava com Serin e era como se fosse mais um membro da família, que preenchia o vazio em seu coração.

Às dez da noite, tocou no rádio a música de abertura de seu programa preferido.

— *Olá, hoje estarei no comando da sua noite novamente...*

A voz do DJ era baixa e suave como sempre. Se fosse em qualquer outro momento, ela prestaria mais atenção e se concentraria na voz. Mas hoje, não. Serin estava com o papel de carta, comprado no caminho para casa, aberto na escrivaninha, e imersa em pensamentos, com o queixo apoiado na mão. A caneta esferográfica repetiu o ciclo de girar em círculos sobre seus dedos e cair na escrivaninha.

— *Agora, está na hora do homem que lê a história.*

Serin tinha pouco talento para as letras. Já tinha escrito sua história e a enviado várias vezes para aquele programa de rádio, mas sempre em vão. Acabou aprendendo que era mais fácil desistir de vez.

Serin, que estava apenas deixando o tempo passar enquanto ouvia o rádio, ajustou a postura e sentou-se como se finalmente tivesse se decidido.

As provas do meio do ano começavam na próxima semana, mas ela decidiu esquecer aquilo por um momento. Em vez disso, se concentrou apenas em escrever a sua história. Serin olhou para o caderno onde havia feito anotações durante o dia e tentou se lembrar.

É *para eu ser o mais honesta possível, certo?*

Pousando a caneta no papel, começou a escrever sobre como era morar sozinha com a mãe. Sobre como era viver em uma casa semi-subterrânea, onde a luz do sol não entrava por causa de um incêndio que havia acontecido. Sobre ter que usar roupas velhas porque não tinha dinheiro para comprar o uniforme da escola. Sobre ter uma irmã mais nova, mas não ter notícias dela desde que ela saíra de casa no ano anterior.

Serin escreveu tudo, até mesmo as coisas que eram embaraçosas de se colocar em palavras.

— *A história que acabei de contar é muito comovente. Mas espero que você não se culpe demais. Você já está no caminho certo só de aguentar até agora.*

Já estava quase amanhecendo quando Serin terminou de escrever sua história em um papel timbrado. O som do rádio ao fundo, a acompanhando o tempo todo. Colocou em um envelope a carta que havia reescrito várias vezes e deitou-se sobre um cobertor velho no chão.

Ao seu lado, a mãe estava dormindo encolhida, incapaz de endireitar as costas adequadamente. Parecia que ela tinha voltado do trabalho no restaurante à noite e adormecido em silêncio sem fazer nenhum barulho, por receio de atrapalhar o estudo da filha.

Ainda com os fones no ouvido, Serin moveu o aparelho para a cabeceira. Sua música favorita estava tocando: "Tomorrow better than today."

Ela já tinha cantado aquela música junto com o rádio tantas vezes que conseguia cantarolar a letra só de ouvir o prelúdio.

— *It may feel like it's raining. But don't forget that there's always a silver lining in every cloud...**

Talvez graças à melodia agradável, ou apenas porque estava muito cansada, Serin logo caiu num sono profundo, pouco tempo depois de encostar a cabeça no travesseiro.

---

* Pode parecer que a chuva não para de cair. Mas não se esqueça de que sempre há uma fresta de luz entre as nuvens.

EPISÓDIO 2:
UMA CARTA SUSPEITA

Ela não tinha grandes expectativas.

Quanto mais alto, maior a queda. Em primeiro lugar, não é que ela fizesse tanta questão de ir àquele lugar. Foi só um vago pensamento de que essa poderia ser uma pequena saída para a realidade frustrante do momento.

Ou então, talvez, ela só quisesse conferir se os boatos eram verdadeiros.

Não vai mudar muita coisa.

Foi justo no período de provas do meio do ano, e as notas chegaram a cair um pouco, mas ela não se importou muito, por achar que fazer faculdade era um luxo na sua situação atual. Embora sua mãe não tenha expressado isso, Serin pensou que ela gostaria que a filha terminasse logo a escola e arrumasse um emprego para ajudar a família. Depois das aulas, enquanto os outros alunos iam juntos para o cursinho, Serin voltava sozinha para casa. Não só os destinos eram diferentes, mas até as direções eram completamente opostas.

— Ai, ai...

Os passos de Serin a caminho de casa desaceleraram por um momento. Na frente, havia uma longa série de escadas íngremes que faziam-na suspirar só de olhar. Quando chovia ou nevava, até os jovens ficavam com medo de cair e precisavam andar com cuidado. No verão, as escadas faziam as pessoas suarem muito. Serin detestava a vida escolar monótona e chata, mas também detestava as escadas no caminho para casa no mesmo grau.

— Arf, arf.

Só depois de subir até a altura de um prédio alto é que chegava a uma área plana onde ela podia recuperar o fôlego.

Era uma das entradas da região onde Serin morava. Em um lugar escavado em uma colina alta, deixando apenas um pequeno espaço para a passagem de uma pessoa, as casas cinzentas ficavam próximas umas das outras. Lonas de cor laranja cobriam o telhado aqui e ali para evitar a entrada de chuva, e pneus descartados e pedaços de telha eram colocados de forma aleatória para evitar que elas fossem levadas pelo vento ou por tufões.

— É a minha vez!

Talvez por ser o período da tarde, quando a maioria das pessoas está no trabalho, havia pouca gente indo e vindo, apenas as crianças que ainda não tinham idade para ir à escola. Na esquina da rua, alguns meninos, usando apenas camisetas, brincavam de disputar galhos de árvores fincados num montinho de terra. Depois de um tempo, notaram um velho vindo de longe, puxando um carrinho cheio de tranqueiras, e correram disparados na direção dele, sem notar que estavam com o nariz escorrendo. Um deles caiu e começou a chorar.

— Tomem mais cuidado, seus pirralhos.

O velho, apenas de bermuda e colete por causa do verão, arqueou as sobrancelhas em forma de meia-lua e abraçou as crianças, que haviam corrido até ele e eram da altura de sua cintura. O velho as chamou, com carinho, de "vira-latas" e pediu para saírem do caminho para que não se machucassem. Os pequenos "vira-latas", então, correram para trás do carrinho e, cheios de animação, tentaram ajudar a empurrá-lo ladeira acima, mas não tinham força o suficiente.

Serin cedeu espaço para permitir a passagem deles e entrou em um beco.

— Miaaau.

Assim que Serin botou os pés no beco, escutou o choro triste de uma gata vindo de algum lugar.

Olhou em volta e viu apenas os olhos da gata no pequeno vão entre dois prédios vazios onde ninguém morava. Serin se aproximou com cautela.

— Está com fome?

A gata soltou outro longo miado como resposta.

A mesada de Serin tinha acabado fazia tempo, mas mesmo assim vasculhou o bolso só para ver se restara alguma coisa.

Felizmente, tinham sobrado algumas moedas.

Será que posso comprar alguma coisa com isso?

Serin olhou para as moedas e depois para a gata, se levantou e seguiu em direção a uma lojinha de esquina ali perto.

O pequeno mercado, medindo apenas alguns metros quadrados, também servia de sala de estar para os idosos locais. A placa azul tinha "Mercado" escrito em branco, mas como faltavam algumas consoantes e vogais, não estava desempenhando sua função plenamente. O adesivo de "Cigarros" já estava desbotado há muito tempo.

A dona, uma senhora idosa, parecia não ter interesse em vender qualquer coisa, e estava sentada com outras pessoas jogando *Go-Stop* no espaço comunitário improvisado na frente da loja. No entanto, em vez de ela mesma jogar, ficava dando palpites sobre a próxima jogada da senhora sentada ao lado dela enquanto comia um pedaço de melão.

Só depois de ver Serin entrar na loja é que ela sacudiu o traseiro pesado e se levantou.

— O que você quer comprar? — perguntou a senhora, puxando a calça elástica até o peito.

— Por acaso… tem alguma coisa que eu possa dar para um gato comer?

— Um gato?

— Sim.

A senhora perguntou por que ela estava procurando algo assim ali, mas logo pareceu se comover ao ver a pureza nos olhos da menina.

— Você está criando em casa? Ou é um gato de rua?

— É de rua.

Na mão de Serin havia uma salsicha do tamanho de um dedo, que ela acabara de pegar.

— Os gatos não podem comer as mesmas coisas que as pessoas comem. Espere um minuto.

Ela pegou alguns pedaços de melão da tigela, tirou as sementes e colocou-os num saco plástico preto.

— Tente dar isto, pelo menos. Deve ser melhor do que qualquer outra coisa.

O rosto de Serin, que parecia triste até então, se alegrou.

— Obrigada.

Serin só saiu da loja depois de agradecer tanto que chegou a ser irritante. A senhora respondeu com um grande sorriso e voltou ao espaço comunitário para dar palpites no jogo de *Go-Stop*.

Embora Serin estivesse quase correndo, ela se sentia ansiosa. Pensava se a gata não teria desaparecido durante o breve momento em que ficou ausente.

Felizmente, tinha se preocupado em vão.

Quando a gata a viu caminhando apressada em sua direção, miou mais alto do que antes.

Primeiro, Serin mostrou o saquinho, depois abriu e deixou a gata cheirar. As orelhas do bichinho se mexeram, reagindo com sensibilidade ao barulho do plástico. Serin queria se aproximar e alimentá-la diretamente, mas tinha receio de que a desconfiada gata de rua pudesse ficar com medo. Então, se agachou de propósito a alguns passos de distância e estendeu um pedaço de melão.

A gata, que observava com atenção, ficou repetindo o movimento de esticar a pata dianteira e recuar algumas vezes, até que finalmente saiu de corpo inteiro, até o rabo, agarrou o melão com a boca e voltou depressa para dentro.

Nesse rápido movimento, Serin percebeu que a barriga da gata estava bem saliente. Como a cara e as outras partes do corpo dela estavam magros, não parecia que era gorda.

Você está grávida.

Serin olhou para o local onde a gata desapareceu e colocou o saco plástico com os pedaços de melão restantes no lado de dentro de uma abertura no prédio. Se a gatinha pegasse comida estragada nas latas de lixo poderia ser um grande problema. Serin teve vontade de levá-la para casa e criá-la, mas era óbvio que sua mãe não permitiria. Porque ela era contra tudo que custasse dinheiro.

Por favor, tenha filhotinhos saudáveis.

Serin deixou sua vontade para trás e seguiu na direção de casa.

O lugar, popularmente conhecido como "vila de barracos", era uma antiga habitação multifamiliar reformada, onde Serin morava atualmente com a mãe. Na parede, a data prevista para a demolição estava escrita em letras grandes, junto com frases aleatórias, do tipo quem estava namorando quem ou quem procurava um amante, tudo pixado de modo confuso com spray.

Serin passou pelo cenário familiar, entrou em casa e parou de repente. Havia uma carta vermelha chamativa, presa na caixa de correio, que raramente recebia algo.

Poderia ser uma cobrança de dívida e talvez fosse melhor deixá-la onde estava, mas Serin então pensou que seria melhor levá-la para dentro de casa antes que alguém a visse.

Mas não era uma cobrança.

Do lado de fora, havia símbolos estranhos que ela nunca tinha visto. Acima de tudo, havia um selo dourado estampado, exalando uma atmosfera luxuosa que só poderia ser usada por famílias reais europeias.

Pelo menos, o nome do remetente estava escrito em uma língua conhecida.

"Loja dos Dias de chuva"

O endereço era o dela, o nome do destinatário era o dela.

Serin desceu as escadas escuras segurando a carta, sentindo um misto de alegria e ansiedade. De repente, seu coração acelerou. Parecia bater várias vezes mais rápido que o normal.

Assim que entrou em casa, sem nem tirar os sapatos, Serin abriu o selo, que dava dó de rasgar.

A carta tinha uma caligrafia muito bonita, escrita com uma caneta-tinteiro.

Querida senhorita Kim Serin,

Gostamos muito da história enviada.

Nossa loja dos dias de chuva é uma loja histórica que valoriza a honestidade e a confiança. Prometemos oferecer o melhor serviço aos nossos visitantes.

Agradecemos o seu apoio por todos esses anos e gostaríamos de fazer uma sugestão especial.

O que acha de vender seu infortúnio?

Em troca, oferecemos a oportunidade de trocá-lo pelas felicidades que temos reservadas.

Se aceitar a oferta, basta visitar o endereço do remetente junto com o bilhete anexo no dia em que começa a estação das chuvas.

Você pode ficar na loja confortavelmente durante a estação, e saiba que hospedagem, alimentação e outras despesas adicionais serão custeadas com os nossos recursos.

Esperamos vê-la em breve.

(Porém não nos responsabilizamos pelo que acontece na loja.)

Serin ficou surpresa e cobriu a boca com a mão. Tal como estava escrito na carta, havia um pequeno bilhete dentro do envelope. Ele tinha um tom dourado, da mesma cor do selo.

O bilhete era mesmo dourado?

Serin tentou se lembrar do conteúdo do livro que havia lido antes, mas não conseguiu, já que estava na parte que ela só leu por alto.

Que seja.

Ela não esperava muita coisa, mas agora que estava com o bilhete, aquilo não parecia real. Pensou brevemente em beliscar a própria bochecha, mas tinha certeza de que isso só deixaria uma marca vermelha.

No entanto, ficou um pouco preocupada com a última parte.

A loja não se responsabiliza pelo que acontece lá?

Lembrou-se de uma notícia sobre a prisão de um grupo que vinha atraindo vítimas em troca de emprego para depois matá-las e vender seus órgãos. Além disso, um recorte de jornal colado na parede da sala contava a história de alguém que ficou preso em uma ilha e viveu como escravo por vários anos, antes de ser resgatado de maneira dramática.

Serin estava andando de um lado para outro, roendo a unha do dedão e agindo freneticamente na sala já apertada. Era difícil tomar uma decisão.

— O livro definitivamente dizia que era real!

Parecendo louca, Serin murmurou para si mesma na sala vazia. Apertou o bilhete com tanta força que chegou a amassá-lo. Serin se aproximou da estantezinha que ficava no lado oposto. Pegou o livro mais grosso que encontrou e colocou o bilhete entre as páginas, mas, não satisfeita, ainda colocou mais alguns livros didáticos em cima.

Talvez eu possa mudar mesmo minha vida.

Serin se aproximou da meia janela — era muito constrangedor chamar aquilo de janela. O céu, do qual se via menos de um centímetro, parecia especialmente azul naquele dia.

Quando será que vai chover?

Ainda era primavera, com poucos dias nublados, e a estação das chuvas parecia muito distante.

EPISÓDIO 3:
CALOR ESCALDANTE

— Ah, Serin, você por aqui? Aonde está indo?

Na volta da escola, Serin foi abordada por uma mulher. Ela parecia ter acabado de fazer um permanente e brincava com mechas do cabelo bem cacheado. Aparentava ter cerca de quarenta anos e usava uma camiseta roxa justa de mangas curtas que deixava quem a olhava mais desconfortável do que quem a usava. Sua barriga saliente acima das calças a fazia parecer grávida.

— Aula de taekwondo.

Serin a cumprimentou sem entusiasmo nem demonstrou muita alegria em vê-la.

Não deu para saber se a mulher percebera ou não, mas continuou acenando e se aproximou de uma forma muito amigável.

— Ora essa, quem é que aprende taekwondo hoje em dia? Isso não vai servir para nada. É algo que a gente faz quando é jovem só para se exercitar. O que uma estudante do ensino médio vai ganhar praticando taekwondo enquanto todos os outros estão estudando? Ainda por cima, uma garota.

A moça trocou a mão que carregava a sacola de compras, com um longo maço de cebolinha para fora.

— É melhor para a mulher estudar com diligência e conseguir um bom casamento. Você também precisa se dar bem na vida.

— Com licença. Eu estou atrasada para a aula.

Serin apertou o passo antes que a mulher enxerida continuasse a falar. Ela parecia querer dizer mais alguma coisa, mas acabou só estalando a língua algumas vezes.

A única coisa que Serin fazia depois da escola era ir para a aula de taekwondo três vezes por semana. Como era administrada pelo governo, já era especialmente barata, mas Serin estava isenta de mensalidade.

Apesar de ter se apressado, sons altos e baixos de gritos ecoavam da porta do ginásio, e os alunos pareciam já ter terminado de se arrumar para a aula.

— Kim Serin, você está atrasada de novo. Acho que precisa de um castigo, hein?

O jovem instrutor da aula de taekwondo a repreendeu de brincadeira, com uma expressão nada assustadora.

— Desculpe.

Serin coçou a cabeça algumas vezes, fazendo a expressão mais arrependida que conseguiu. Então, com o cabelo ainda desarrumado, correu para o vestiário e colocou o uniforme que levara consigo.

Em vez de sair correndo, Serin olhou-se no espelho por um momento. Ela parecia um tanto confiante em seu novo uniforme branco, bem diferente do uniforme da escola, que qualquer um poderia ver que era de segunda mão, visto que o caimento estava todo errado.

Ao fazer o nó com a faixa sobre o uniforme e deixá-la cair ordenadamente para ambos os lados, um sorriso leve surgiu em seus lábios. Ainda era faixa vermelha, mas se passasse no próximo teste de graduação, poderia conseguir a faixa vermelho-escura, que era praticamente a faixa preta.

Serin ajustou a roupa mais uma vez e saiu. Naquele momento, o instrutor estava explicando o treino do dia.

— Como eu disse na semana passada, vamos praticar o quebramento hoje. Para isso usaremos, é claro, uma tábua de pinho para praticar. Não precisam ficar nervosos.

Serin engoliu em seco. Aquele era o dia pelo qual ela estava esperando ansiosamente.

Serin tinha visto lutadores de taekwondo na TV, dando cambalhotas e quebrando tábuas de madeira em sequência. Quando soube que a modalidade aceitava atletas mulheres, não conseguiu acalmar o coração por um bom tempo.

Era como se uma grande onda tivesse surgido bem no fundo do coração dela. Serin começou a pesquisar mais sobre taekwondo, e quando descobriu que havia um curso gratuito depois da escola perto da vizinhança, se inscreveu sem hesitar. A jovem se lembrava daquele momento como um de seus poucos dias felizes.

Alguns alunos, junto com o instrutor, fizeram uma demonstração de quebramento primeiro.

— Quando se trata de quebramento, acreditar que você é capaz é mais importante do que a força do chute.

Os ouvidos de Serin já estavam calejados de escutar o instrutor dizer que o taekwondo servia mais para treinar a mente do que o corpo.

Mas, enquanto assistia à demonstração, sentiu as bochechas ficarem vermelhas de repente. Isso porque o aluno que Serin admirava há vários meses estava entre o grupo da demonstração. Ele quebrou a tábua de pinho em duas com um chute circular, acompanhado de um grito forte, e os alunos que estavam assistindo, incluindo Serin, aplaudiram até suas mãos ficarem cansadas.

Clap, clap, clap.

Depois da demonstração, os alunos se apresentaram um a um e treinaram o chute que tinham acabado de ver. Embora desleixados, nenhum teve dificuldades em quebrar a tábua de pinho já meio rachada.

Então, chegou a vez de Serin.

Será que consigo?, pensou aflita.

O aluno bonito que fizera a demonstração segurou uma tábua fina de pinho na altura da cabeça de Serin e mandou um sinal com os olhos. Depois de respirar fundo, ela assumiu a postura na qual era mais confiante: a de chute circular.

Nesse momento, os olhos de todos se voltaram para Serin.

A jovem engoliu a saliva a ponto de fazer um barulho audível e girou o corpo com toda a força. Porém, talvez por estar nervosa, acabou chutando um lugar completamente nada a ver e, na segunda tentativa, não só chutou a mão do aluno em vez da tábua de pinho, como acabou levando um tombo feio e caindo de bunda.

Na mesma hora, foi um mar de risadas em volta dela. O instrutor tentou aliviar o clima dizendo que nem todo mundo conseguia se sair bem desde o início, mas as gargalhadas não diminuíram.

Serin ficou de cabeça baixa durante o restante da aula e, sem nem se despedir direito, pegou suas coisas e saiu correndo como se fosse uma fugitiva.

Já era noite, mas do lado de fora ainda estava claro como o dia.

— Que idiota.

Serin chutava pedrinhas e flores dente-de-leão, que não tinham culpa de nada.

— Você parece ter a inteligência de uma anêmona ou de um pepino do mar...

Quanto mais Serin chutava, mais poeira se acumulava em seus sapatos já sujos.

— Por que não faço nada direito?

O taekwondo foi como uma luz no fim do túnel para ela, que estava em uma situação tão ruim que não conseguia nem sonhar à vontade. Aquele esporte tinha ajudado Serin a aguentar uma vida escolar solitária, e ela mal conseguiu dormir à noite depois de ouvir que poderia se apresentar no exterior caso se tornasse membro da equipe de demonstração.

Por fim, Serin chutou uma lata vazia com toda força. A lata, que foi atingida com precisão à toa, voou desenhando um arco grande. Ao levantar o rosto, Serin notou que já estava no beco na frente de casa.

Havia vários outros cartazes ali, que diziam: "Somos veementemente contra a demolição." Ela ouvira dizer que o prédio precisava ser desocupado porque era uma área prevista para reforma, mas como as pessoas em situação precária não tinham para onde ir, estavam morando lá assim mesmo, e que, por isso, a reforma estava sendo adiada indefinidamente. A área incluía a casa de Serin.

Recentemente, alguns moradores tinham se juntado e raspado a cabeça em grupo, e um jornal de TV local chegou a filmar e a transmitir o protesto. Os passos de Serin ficaram ainda mais pesados ao imaginar que em breve ela poderia ser expulsa e não ter mais onde morar.

Serin voltou a si quando de repente ouviu um barulho alto. À medida que se aproximava de casa, o barulho ficava mais alto. O som de um alto-falante que poderia ser usado para anunciar promoções num supermercado se misturava ao som de pessoas berrando palavras de protesto e ao som ocasional de alguém xingando. O lugar, a pouca distância de sua casa, era o que costumavam chamar de local de protesto.

As pessoas estavam divididas em duas metades; um lado usava uma faixa vermelha com a inscrição "Viver ou morrer", o outro vestia roupas pretas e chapéus com o mesmo logotipo. Eles apontavam um para o outro e falavam com violência, como se estivessem prestes a brigar. Era uma cena que ela já tinha visto diversas vezes, mas que vinha ficando mais intensa ultimamente.

Depois de um tempo, sirenes soaram e deu para ver algumas viaturas da polícia chegando. Serin ficou com medo de ser pega em uma briga e entrou em casa.

Ali dentro, sua mãe usava os óculos para perto, que não costumava usar no dia a dia, porque estava costurando.

— Chegou? Você precisa comer, certo?

Em um canto da sala havia uma mesinha com poucos acompanhamentos. Mas Serin agiu com indiferença.

— Não estou com fome.

Então, largou a mochila como se fosse uma pedra pesada e suspirou.

— Está de dieta de novo?

— Que nada. Eu vou dormir.

Sem sequer trocar de roupa, Serin deitou sem forças sobre o cobertor no chão.

— O que foi? Aconteceu alguma coisa?

Ela não tinha caído no sono de imediato, mas, mesmo assim, ficou sem responder por um longo tempo. A mãe não devia estar muito curiosa, porque não perguntou de novo, e logo voltou a se concentrar na costura. Foi quando ela largou a meia que acabara de costurar e já ia pegando a que faltava, que Serin disse:

— Mãe, sabe a senhora gorda e feia que morava na casa da frente e depois se mudou? Bem, aquela senhora…

— Serin, eu já te disse para falar com bons modos.

— Qual é o problema? Eu não estou errada — disse Serin, em um tom de quem não se importava se a mulher ouvisse.— Seja como for, aquela senhora me disse para não praticar taekwondo porque não serve para nada. Você também acha isso, mãe?

— Tudo tem sua utilidade. Vai servir para alguma coisa um dia.

— Será que deixo o taekwondo para lá e só estudo? O que acha que sei fazer bem, mãe?

— Bem… Acho que você é boa em tudo, Serin… — disse a mãe, tentando passar a linha pelo buraco da agulha, mas falhando repetidas vezes, talvez porque Serin não parava de falar com ela.

— Tsc, você nem se importa comigo, mãe.

Serin virou o corpo e deitou-se de costas.

— Você não pode simplesmente jogar fora as meias furadas? Quem usa meias costuradas assim hoje em dia? Nós podemos comprar meias novas.

— Nem tudo que se compra novo é bom.

Serin estava descontente com a mãe, que sempre a deixava frustrada. De repente, pensou que as meias esburacadas nas mãos da mãe eram como ela mesma. Estavam gastas e pareciam surradas para qualquer um que pudesse vê-las. Se pudesse jogá-las fora, teria feito isso imediatamente. Embora estivesse caindo de sono poucos minutos antes, Serin se levantou de repente e pegou um livro grosso da estante.

— Por acaso...

Quando Serin esticou a fala, como se fosse dizer algo importante, a mãe olhou para ela por um momento através dos óculos para perto, pendurados na ponta do nariz.

— Mãe, como você gostaria de viver se nascesse de novo?

— Que assunto é esse, de repente?

A mãe pareceu surpresa com a pergunta inesperada, mas não parou o movimento de costurar.

— Esquece, deixa pra lá — respondeu Serin sem rodeios, então abriu o livro com cuidado para que a mãe não visse e virou as páginas até parar no mesmo lugar de sempre, como nos outros dias.

Por mais que olhasse para aquilo, ela não conseguia acreditar.

Mas talvez aquela fosse mesmo sua última esperança. Dentro do livro, o bilhete dourado ainda brilhava como novo.

EPISÓDIO 4:
A VÉSPERA DA ESTAÇÃO DAS CHUVAS

Antes das férias de verão, a esperada notícia de chuva foi ouvida no rádio.

Mas Serin não podia contar a verdade à sua mãe. Ela ficou uma semana pensando em como explicar e, no fim, acabou saindo de casa deixando apenas uma carta quando chegou o dia.

"Vou passar alguns dias na casa de uma amiga."

Estava na cara que era mentira, já que nunca mencionara nenhum amigo. Mas Serin não se importou muito. Era possível que ela conseguisse uma vida maravilhosa, que os outros invejassem, e que nunca mais voltasse.

Usando tênis que pareciam surrados, não importava quantas vezes ela os lavasse, Serin foi para o centro da cidade. Seu destino era a estação ferroviária.

Fazia tempo que ela não ia ao centro e fazia mais tempo ainda que não pegava um trem. Ela tateou pelas memórias do passado e achou que provavelmente a última vez tinha sido na época em que estava começando o ensino fundamental, quando embarcou segurando a mão de sua mãe.

— O trem para Rainbow Town está chegando agora. Pedimos a todos os passageiros que deem um passo para trás.

A estação, por onde costumava passar sem prestar atenção, já que nunca precisava pegar um trem, estava lotada de gente, talvez por ser véspera de fim de semana e hora do rush. Serin andou perdida pelos portões abarrotados da plataforma e quase perdeu o trem bem diante de seus olhos. Felizmente, conseguiu embarcar pouco antes de a porta se fechar.

Só depois de se sentar apressadamente foi que ela enfim sentiu que havia saído de casa.

Consegui pegar o trem...

Serin olhou para o lado sem pensar muito. Um homem que parecia ser um ou dois anos mais velho que ela estava assistindo alguma coisa em seu laptop com fones de ouvido; um filme ou uma série. A bolsa entreaberta estava cheia de livros que pareciam ser técnicos.

Ela não olhou intencionalmente, mas na lateral do livro estava escrito o nome da universidade onde o homem estudava. Era uma universidade da qual até Serin tinha ouvido falar e conhecia muito bem. Todos os anos, o nome da instituição estava escrito no ponto mais alto do cartaz no portão da frente da escola na cerimônia de formatura, e todos os amigos dela que estudavam bastante desejavam entrar naquela universidade.

Que inveja.

Houve um tempo em que Serin também desejou estudar lá, mas a ideia foi passando com os anos.

Embora a diferença de idade não fosse grande, Serin ficou intrigada com o homem, que parecia viver em um mundo diferente do dela, e ficou olhando para ele de tempos em tempos, enquanto o trem estava em movimento. Aí, seus olhos acabaram se encontrando. O rosto de Serin ficou vermelho, e ela desviou o olhar para a janela.

Do lado de fora do trem, estava escurecendo aos poucos. Não só por causa do pôr do sol; muitas nuvens escuras estavam se formando também. O vento devia estar soprando com bastante força, pois as folhas das árvores altas próximas à ferrovia balançavam como se dançassem.

Serin tirou a carta e o bilhete de dentro do bolso e os olhou com atenção outra vez.

Não tinha data exata e era bem objetiva: avisava apenas para que comparecesse à casa abandonada no dia em que começasse a estação das chuvas.

Se eu for, será que realmente conseguiria mudar minha vida do jeito que eu quiser?

E se pudesse, o que eu deveria escolher?

Perguntas que não podiam ser respondidas facilmente vieram-lhe à mente uma após a outra e a deixaram inquieta. Serin fechou os olhos e deixou-se levar pelo balanço ritmado do trem. Sua cabeça logo ficou pesada.

Quando acordou depois de adormecer sem perceber, o dia estava um pouco mais escuro e o vento soprava ainda mais forte.

Depois de um tempo, um anúncio ecoou no trem.

— *Próxima estação: Rainbow Town, parada final. Certifiquem-se de que não deixaram nada para trás antes do desembarque.*

Serin terminou de se preparar para sair segurando um guarda-chuva verde-claro.

Quando o trem parou e as portas se abriram, todos os passageiros que estavam sentados levantaram-se imediatamente e dirigiram-se para a saída. O trem, que estava silencioso até demais, ficou movimentado com as pessoas tentando descer primeiro.

Serin esperou até o fim e desceu do vagão com tranquilidade.

Assim que seus pés tocaram a plataforma, uma brisa fresca soprou em seu rosto, como um sinal de boas-vindas. O vento estava carregado de umidade e parecia que poderia mesmo chover naquele dia, como bem dissera a previsão do tempo. Serin olhou em volta, tentando ajeitar o cabelo desgrenhado pelo vento.

Não era uma vila tão grande quanto havia imaginado. Talvez por ficar perto da estação de trem, havia prédios não muito altos espalhados aqui e ali. Não era uma área rural rodeada de arrozais, mas também não podia ser chamada de cidade.

Serin respirou fundo e saiu da estação segurando um mapa que ela mesma havia desenhado.

Em frente à estação, os taxistas estavam reunidos em grupos de dois ou três, fumando. Quando Serin saiu, eles olharam em seus olhos, indagando se ela queria pegar um táxi, e Serin evitou rapidamente o contato visual. Já havia gastado quase todo o dinheiro que tinha só com a passagem de trem.

Para sua sorte, tinha pernas muito fortes, treinadas de tanto subir e descer a colina íngreme todos os dias. Serin saiu depressa de lá para evitar parecer uma cliente.

A estrada de asfalto bem pavimentada foi aos poucos se tornando uma estrada de terra. Serin estava começando a ficar cada vez mais desconfiada do mapa, que estava apenas um pouco melhor do que se tivesse desenhado com os pés. Agora, ela estava passando por um lugar que dificilmente poderia ser chamado de estrada.

Depois de caminhar por um tempo, deparou-se com uma pequena aldeia que parecia abrigar apenas algumas dezenas de famílias. Um antigo poste de luz iluminava a entrada da aldeia, mas não se via ninguém entrando ou saindo.

Serin verificou o endereço escrito no mapa, iluminado pelo poste de luz. A menos que ela o tivesse copiado errado, a casa abandonada estava certamente em algum lugar daquela vila. As pernas de Serin estavam começando a doer e ela massageou os joelhos. Queria sentar-se e descansar em qualquer lugar, mas era urgente encontrar logo a casa antes que escurecesse.

— Será que não é aqui também…?

Depois de percorrer cada casa e verificá-las uma a uma, era hora de enfim verificar a última.

Um leve ruído ecoou de algum lugar. Era definitivamente gente falando, mas algo estava errado. Serin apertou o passo.

Na entrada do que parecia ser um prédio abandonado, um velho estava caído com as mãos apoiadas no chão. Ao redor dele, estavam três homens na casa dos trinta anos. A postura ameaçadora indicava que não eram boas pessoas.

— Velho, vamos resolver isso numa boa? Você já viveu o bastante. Por que toda essa ganância? — falou o homem com o cabelo tingido de louro e um colar de ouro no pescoço, e, como se não bastasse, vestido com uma regata amarela.

— Estou pedindo para ver o famoso bilhete dos goblins, mas você está sendo muito mesquinho. Já falei que só vou dar uma olhada e devolver logo. Não entendeu ainda?

— Como se atrevem? — O velho levantou a voz em tom estridente. — Vocês acham que eu não sei o que estão tramando? Vocês, jovens, deveriam trabalhar duro e viver uma vida honesta. Que tipo de comportamento é esse, barrando a passagem das pessoas?!

— Como assim, comportamento? Está passando dos limites, vovô. — Outro homem, cujo rosto era tão sombrio que alguém poderia confundi-lo com um goblin, aproximou-se e pressionou o rosto contra o do velho. — Não lembra que eu disse agora há pouco que estava pedindo um favor? Não é nada que vá estragar só de olhar, então qual é o problema?

— E você quer que eu acredite nisso? Hunf, sem chance.

O velho bufou exageradamente e sacudiu a sujeira que ficara em suas mãos, depois de ter sido empurrado e cair. O velho era pequeno, mas sabe-se lá de onde vinha tanta coragem, pois ele respondera com uma voz firme que não fraquejava com as ameaças.

— Eu não tenho bilhete nenhum! Mas, mesmo que eu tivesse, não daria!

O velho encarou os bandidos como se disparasse raios laser de seus olhos.

Um deles soltou uma gargalhada curta, como se quisesse dizer: "Olhe só para isso."

— Acho que esse velho quer descobrir se seus ossos ainda são fortes, hein?

O homem de jaqueta de couro com estampa de águia nas costas, que parecia ser o líder do grupo de bandidos, saiu na frente. Ele abaixou devagar o taco de beisebol usado para ameaçar, apoiado atrás do pescoço como se fosse um amigo.

— Nós pedimos com educação, mas foi você quem pediu. Agora não adianta reclamar.

Ao lado dele, o homem de cabelo louro dobrou o pescoço para a esquerda e para a direita, com um som de ossos estalando. O homem de rosto sombrio não deixou por menos e massageou orgulhosamente os punhos calejados.

E então o velho que há pouco esbravejava mudou de atitude, cobriu a cabeça com as mãos e gritou.

— Argh!

Ao ver aquilo, o grupo de bandidos riu.

— Ora, cadê o velho que estava tão confiante agorinha mesmo? Ainda nem começamos, hein. Como assim já está com tanto medo?

Com um sorriso maligno, o líder deu mais um passo à frente em direção ao velho assustado. Ou melhor, tentou dar um passo. De repente, a jaqueta de couro preta que ele usava foi puxada para cima, e seu corpo começou a se levantar lentamente.

— Hã? O quê?

O homem olhou em volta para ver o que estava acontecendo, mas não conseguiu enxergar nada.

— Quem é? Me solta!

Ele até esqueceu que era o líder da gangue e se debateu de forma patética, mas nada mudou. No fim, subiu até o dobro de sua altura e voou em direção à floresta do outro lado, como se tivesse sido arremessado.

O velho ainda estava com o rosto enterrado no chão, e os outros dois bandidos estavam congelados no lugar, olhando na direção para onde seu líder voou. No momento em que viraram a cabeça e olharam um para o outro, o corpo de um deles foi levantado alguns centímetros e jogado na floresta como se tivesse sido atropelado por um carro.

Só então o de cabelo louro percebeu que havia algo muito errado. Talvez para ajudar o líder, ou talvez fosse apenas a rota que escolhera para escapar o mais rápido possível, ele começou a fugir para a floresta na maior velocidade possível. Provavelmente, aquela seria a corrida mais rápida de sua vida.

Porém, um momento depois, o bandido que tentou fugir também foi atingido por alguma coisa e ouviu-se um som de alguém rolando no chão. O velho levantou ligeiramente a cabeça, mas se assustou de novo e caiu para trás.

— N... não chegue perto!

Um ser inacreditável, mesmo diante de seus olhos, olhava para ele de cima para baixo. O velho entendeu sem ninguém precisar explicar. Aliás, não tinha como expressar em palavras.

Embora se parecesse com um humano, nunca poderia ser designado como tal.

O velho esfregou os olhos várias vezes, mesmo sabendo que não era uma ilusão.

Era, sem dúvida nenhuma, um goblin.

Um trovão repentino ressoou.

A chuva começou a cair.

EPISÓDIO 5:
TORIYA, O PORTEIRO

O susto foi o mesmo para Serin, que assistia à cena sem ser percebida.

Mesmo com o cabelo e as roupas encharcadas por causa da chuva forte repentina, ela nem conseguiu pensar em abrir o guarda-chuva.

Algo que se parecia com um ser humano, mas com braços longos e pernas curtas que lembravam um gorila, saiu de dentro da casa abandonada e, em um instante, jogou na floresta o grupo de bandidos que cercava o velho. A criatura também acertou com precisão o bandido em fuga com o taco de beisebol deixado para trás.

Com esforço, Serin se lembrou da primeira parte do livro que lera na biblioteca. Nela, constava que somente aqueles que recebessem os bilhetes poderiam ver os goblins e seriam guiados por eles. A julgar pelas expressões dos bandidos, que pareciam não ter ideia do que estava acontecendo até o final, ela pôde perceber que o livro falava a verdade.

Quando se deu conta, o goblin já tinha desviado o olhar do velho e estava olhando para ela, ainda escondida atrás da quina do prédio, com apenas metade do rosto exposto. Só então Serin viu claramente o contorno do rosto do goblin.

Exceto pelo pequeno chifre no topo da cabeça, não era muito diferente de um ser humano. Porém, como era tão alto que a maioria dos jogadores de basquete não conseguiria nem chegar perto de seus ombros, Serin sentiu um pouco de medo.

Sem dizer nada, o goblin olhou para Serin e para o velho. Então, gesticulou para que o seguissem e desapareceu dentro da casa abandonada. Enquanto isso, a chuva estava ficando mais forte. Serin abriu o guarda-chuva e se aproximou do velho, que ainda estava no chão.

— O senhor está bem?

O velho, boquiaberto, nem percebera que estava chovendo. Se assustou mais uma vez.

— Quem é você?

Serin se apresentou o mais breve possível.

— Meu nome é Serin, também consegui um bilhete e vim procurar a loja dos dias de chuva. Quer ajuda?

Aceitando a oferta, o velho, apoiou-se no braço dela e firmou as pernas. Ele parecia ter ficado mais chocado ao ver o goblin do que ao ser derrubado pelos bandidos. Serin entendia bem; se mesmo tendo visto de longe ela sentiu as pernas tremerem, imagine para quem viu na frente do próprio nariz.

— Obrigado, mas não consigo acreditar que um goblin realmente exista.

O velho levantou-se e abriu o longo guarda-chuva preto que levara consigo. Mesmo para os olhos de Serin, que não entendia do assunto, era um guarda-chuva bastante luxuoso. Depois de sacudir as roupas sujas e colocar de volta o chapéu coco que havia caído, ele parecia mais arrumado do que antes. Mesmo chutando baixo, ele parecia estar prestes a se aposentar, mas sua aparência não deixava nada a desejar em relação a de um jovem, e seu andar era cheio de energia.

— Seja como for, vamos indo.

O velho assumiu a liderança e Serin o seguiu, subindo as escadas até a entrada da casa abandonada.

Uma luz fraca vinha de dentro da porta bem aberta.

O velho passou direto pela porta como se já tivesse estado ali antes e Serin o acompanhou, mesmo hesitando por um instante.

E então, alguns passos depois, os dois desapareceram como num passe de mágica.

❖

Inegavelmente, pelo lado de fora a casa parecia cair aos pedaços. Contudo, uma cena completamente diferente se desenrolou quando atravessaram a porta.

Eles não estavam no interior de uma casa, mas, sim, ao ar livre, rodeados de campos floridos por todos os lados, além de ser uma tarde ensolarada, e não noite.

Serin e o velho se entreolharam, como se estivessem pensando a mesma coisa. Tiveram que retomar o caminho às pressas porque goblin os esperava a cerca de dez passos de distância.

Não se sabia desde quando, mas havia na mão do goblin uma bandeira triangular amarela. Era um item que agentes de viagens usariam para evitar que os viajantes se perdessem. Serin e o velho se aproximaram do goblin pelo caminho entre os campos de flores.

Quando a jovem o viu pela primeira vez, na noite escura, ainda mais em um lugar sombrio, o goblin parecia extremamente assustador. Mas agora, em um lugar claro, ele era apenas grande e tinha um rosto inocente, o que a surpreendeu. Apesar de Serin e o velho terem seguido com atraso, o goblin esperou por eles sem reclamar.

Vê-lo de perto o tornou ainda mais agradável. O fato de não vestir camiseta, apenas um macacão azul com uma das alças pendentes o fazia parecer um aluno do jardim de infância. Havia uma pequena placa em forma de borboleta em seu peito, com "Toriya" escrito em letras tortas.

— Toriya?

O goblin acenou com a cabeça ao ouvir a palavra, que Serin tinha falado mais para si mesma. Parecia ser o nome dele. Desta vez, o goblin apontou o dedo indicador para Serin.

— Meu nome? É Serin.

— Se... rin...

Quando o goblin recitou o nome com uma pronúncia arrastada, Serin abriu um sorriso radiante.

— Isso mesmo. A propósito, esta é a loja dos dias de chuva?

— Lo... ja...

Toriya indicou com a ponta do dedo um prédio branco ao longe. Dava para ver, além do campo de flores, um edifício alto e estreito parecido com um castelo ou uma torre. Em torno dele, casas que pareciam ter saído diretamente de um conto de fadas estavam espalhadas por toda parte.

— Uau. — Serin soltou uma exclamação sem perceber. — Posso mesmo mudar minha vida se eu for até lá?

Porém, Toriya apenas coçou a cabeça com as unhas afiadas. Não parecia muito familiarizado com a fala humana a ponto de entendê-la e se expressar. Ao contrário de Serin, que se preocupava em fazer perguntas, o velho apenas os observava a alguns passos de distância, como se ainda tivesse medo de Toriya.

— Está tudo bem, acho que não vai nos fazer mal.

Serin tentou tranquilizá-lo, mas ele continuou atrás dela e não baixou a guarda. Independentemente disso, Toriya se virou e começou a ir em direção à loja.

Ele era tão alto que um passo seu equivalia a dois ou três passos de Serin e do velho. Não dava para saber se ele andava lentamente mesmo ou se estava ajustando seu ritmo de propósito, mas não foi difícil alcançar Toriya mesmo sem fazer muito esforço.

Mas o que causava estranheza era o seu comportamento.

Toriya, que estava guiando o caminho sem problemas, parou assustado de repente e deu a volta, em vez de seguir a estrada reta. Serin ficou confusa por um momento e olhou para suas costas sem saber o que pensar.

Serin estava curiosa, mas não o seguiu de imediato e foi até o local onde Toriya esteve parado momentos antes. Ela olhou com atenção para ver se havia uma grande cobra escondida ou algo assim, mas não havia nada para ver, exceto algumas pedras no caminho bem arrumado. Foi quando inadvertidamente olhou para baixo, pensando que devia haver algum motivo que ela não conhecia.

Uma lagarta rastejava, se contorcendo, diante de seus pés.

Vai me dizer que foi por causa disto?

Serin era uma pessoa muito curiosa e queria perguntar diretamente a Toriya, mas achou que seria rude e resolveu deixar quieto. Serin começou a segui-lo de novo quando se deu conta de que tinha ficado muito para trás.

Mas não demorou e Toriya parou outra vez.

Desta vez, ele se agachou na beira da estrada e ficou olhando alguma coisa por um longo tempo. Era nada mais do que uma flor roxa em plena floração. Ele a observava com tanta atenção que era difícil falar com ele.

Serin percebeu, pelo rosto de Toriya, que ele parecia ter gostado da flor e queria levá-la consigo, mas estava em dúvida porque não tinha coragem de arrancá-la.

A adolescente não aguentou ficar vendo aquilo e arrancou a flor para o goblin, que se alegrou e exibiu uma expressão infantil. A jovem ficou preocupada, imaginando se conseguiriam chegar antes que a chuva terminasse, mas, felizmente, Toriya não teve mais medo dos insetos nem achou mais florzinhas e foi direto para a loja.

A loja parecia um bolinho de arroz vertical. Em comparação com os prédios próximos, era excepcionalmente alta e grandiosa. Por isso, se alguém olhasse do telhado, as outras casas ao redor pareceriam caixas de fósforos. No que parecia ser a entrada, havia uma porta grande o suficiente para Toriya entrar sem precisar abaixar a cabeça.

Quando se aproximaram, a porta lentamente se abriu sozinha, sem que houvessem tocado nela, como numa casa mal-assombrada. E, antes que se abrisse por completo, uma música alta ecoou de lá de dentro.

A atmosfera no interior da loja escura era a de uma verdadeira festa, de tão alegre. Por um momento, Serin suspeitou de que Toriya tivesse confundido o salão de baile com a loja. O velho também não parecia familiarizado com aquele tipo de ambiente e pigarreou.

Um globo espelhado girava constantemente no teto, e a área ao redor estava cheia de gente, embora somente as silhuetas estivessem visíveis.

Enquanto uma apresentação de goblins com roupas elegantes acontecia em um palco tão alto quanto eles, outro goblin vestido com um elegante uniforme de garçom se aproximou e ofereceu uma bebida misteriosa em uma bandeja. Serin não estava muito a fim, mas como o velho pegou dois copos e ofereceu-lhe um, ela não teve escolha a não ser aceitar com relutância.

— Hein?

Para sua surpresa, a bebida, que pensou ser obviamente álcool, era um suco de fruta com um cheiro gostoso. Não sabia dizer que tipo de fruta era, mas era tão doce e refrescante que, se avistasse o garçom outra vez, ficaria com vontade de pedir mais um, mesmo com vergonha. O velho ao seu lado saboreou a bebida de olhos fechados e soltou uma série de exclamações.

A festa parecia já estar chegando ao fim. Pelo jeito, o velho e Serin eram os últimos convidados. A trava da porta foi fechada e trancada por completo atrás deles.

Tum!

Ao contrário de quando foi aberta, um som pesado ecoou pela área.

Os goblins que cantaram e dançaram com toda energia até as roupas ficarem molhadas de suor saíram do palco sob aplausos. Ao mesmo tempo, a música alta que acompanhava também parou. Num instante, o interior da loja ficou silencioso, como se tivesse se tornado uma biblioteca.

Nesse momento, um goblin subiu sozinho no palco, que já estava vazio e com a cortina abaixada.

Usava um terno roxo sem vincos e uma gravata amarela. Ele parecia ter bastante noção de moda, mesmo para o mundo humano. Havia muita pomada de modelar aplicada em seu cabelo, todo penteado para um lado, e ele cultivava um bigode estiloso. Causava uma impressão tão forte que, uma vez visto, ninguém poderia esquecê-lo nunca mais.

O goblin se apresentou como Durov, segurou o microfone e falou alto, com uma voz superanimada.

— Sejam bem-vindos! Bem-vindos à loja dos dias de chuva.

EPISÓDIO 6:
A LOJA DOS DIAS DE CHUVA

A aparição de um novo goblin deixou o salão um pouco barulhento. Aos poucos a iluminação foi voltando e o salão ficou mais visível. No amplo espaço que lembrava uma sala de concertos, pelo menos cem pessoas estavam reunidas. Algumas estavam muito assustadas, mas outras pareciam relaxadas, com os braços cruzados.

Serin mantinha os olhos ocupados, examinando o interior da loja ou analisando discretamente os estranhos. Mas, acima de tudo, o que mais lhe chamou a atenção foi o goblin com o microfone que acabara de subir ao palco.

— Bom trabalho e obrigado a todos que chegaram até aqui.

Durov parecia mesmo feliz em ver as pessoas reunidas. Fez contato visual e cumprimentou brevemente a plateia.

— Tenho certeza de que todos vocês têm muitas perguntas, mas permitam que eu apresente este lugar antes.

Durov afrouxou a gravata, pigarreou uma vez e continuou a falar.

— Nossa loja dos dias de chuva tem uma longa tradição, e realizamos eventos especiais todos os anos para convidar as pessoas a desfrutarem da loja. Essa é a grande consideração do nosso Chefe, que se preocupa com os humanos e os ama. Conforme a sua vontade, prometemos fazer o nosso melhor para garantir que não tenham nenhum inconveniente durante a sua estadia aqui.

Durov colocou a mão direita no lado esquerdo do peito e curvou-se profundamente em saudação.

— Muito bem, vou terminando esta introdução entediante por aqui...

Quando Durov estalou os dedos de leve, uma linda goblin, que esperava do lado do palco, se aproximou segurando algo coberto com um pano.

— Vamos direto ao ponto.

A linda goblin ficou bem ao lado de Durov e esbanjou suas pernas e cintura finas.

— Acho que é isso que vocês mais esperavam, certo? — perguntou Durov, como se já tivesse visto de tudo. Mas as pessoas estavam mais distraídas com a goblin de saia curta e não prestaram atenção à sua explicação subsequente. — Vocês querem se livrar dos seus infortúnios? Que tal viver a vida dos seus sonhos? E se vocês pudessem começar uma nova vida da qual os outros teriam inveja?

Durov pausou deliberadamente, para criar um efeito dramático.

— Apresentamos as esferas do goblin, o orgulho da nossa loja dos dias de chuva!

Durov ergueu o pano com um movimento deslumbrante, como um mágico. Era uma pose maravilhosa que ele parecia ter levado metade de um dia só para aprender. O pano se abriu por completo no ar e caiu esvoaçando para trás.

As pessoas fizeram barulho, abriram bem os olhos e prestaram atenção. Serin, que estava no fundo, ficou na ponta dos pés e fez o possível para ver bem. O velho também esticou o pescoço tanto quanto foi capaz.

Na mesinha, esferas de várias cores e de diferentes tamanhos brilhavam como joias sob a iluminação. As pequenas eram do tamanho de bolas de pingue-pongue e algumas das maiores eram do tamanho de bolas de boliche.

Durov pegou uma delas.

— O que vocês acham? Não são realmente lindas? Estas esferas estão repletas de vidas maravilhosas que vocês tanto desejam.

— Quanto custam? — perguntou uma pessoa corajosa, levantando a mão imediatamente.

— Não precisamos de dinheiro humano. Temos muitas esferas na loja. Vocês podem levar quantas quiserem e pagar nas respectivas lojas com as moedas de ouro que receberem com a venda de seus infortúnios. Isso também é de graça.

Vivas e aplausos irromperam de todos os lugares. Talvez aquela fosse exatamente a reação que Durov esperava, pois ergueu os cantos da boca a ponto de o longo bigode, que crescia pelas laterais, chegar até o topo da cabeça.

— A loja armazena inúmeras esferas que coletamos ao longo dos anos. Tudo o que precisam fazer é dar uma olhada em volta com calma e trazer a esfera que quiserem, antes que a estação das chuvas termine.

— E o que acontece se não conseguirmos escolher antes disso? — perguntou novamente o homem que fizera a primeira pergunta. Usando óculos de armação quadrada e segurando um caderno junto com uma caneta, parecia ter sido o tipo de aluno exemplar que os professores adoram.

Durov respondeu com uma entonação de professor.

— Essa é uma boa pergunta. Claro, se você não escolher a esfera, nada acontecerá. Mas precisa atentar para um detalhe. — Durov pegou a xícara de chá fumegante que estava sobre a mesa e bebeu tudo de uma só vez, como se nem estivesse quente. — Se não saírem da loja antes do fim da estação das chuvas... — Ele virou a xícara de lado para mostrar o fundo completamente vazio. — Aqueles que permanecerem aqui desaparecerão para sempre.

Por um momento, as pessoas ficaram quietas, como se tivessem levado um balde de água fria. Ao notar que o clima pesou de repente, Durov soltou uma gargalhada exagerada de propósito. Por um momento, o som reverberou pelo interior espaçoso da loja.

— Mas não esquentem a cabeça com isso. Ainda há muito tempo. A estação das chuvas acabou de começar e está prevista para durar uma semana e nove horas, 44 minutos e 32 segundos. Por favor, verifiquem o relógio padrão dos goblins para mais informações.

Durov apontou para a porta. Havia um grande relógio pendurado na parede de trás, mas não tinha ponteiros de minutos ou horas, e gotas de água caíam aos poucos de um modelo de ampulheta cheio de água.

— Na loja de penhores de infortúnios que vocês visitarão em breve, ensinaremos como usar as esferas. Também preparamos com antecedência algumas informações que podem ser usadas como referência na utilização da loja.

Quando Durov olhou para a goblin, ela assentiu de leve e começou a distribuir o pequeno livreto que havia preparado.

Nesse momento, um pequeno tumulto começou, com as pessoas se empurrando para receber primeiro. Algumas demonstraram mais interesse pela linda goblin do que pelo livreto, então a desordem se instalou e o processo demorou um pouco. Serin e o velho esperaram pela sua vez e receberam os últimos livretos restantes.

O livreto era em formato brochura, do tamanho da palma da mão e dobrado em vários lados, para facilitar o transporte. Na capa, se lia em letras grandes *Guia da loja dos dias de chuva*.

Serin não conseguiu conter a curiosidade e abriu o livreto assim que o recebeu.

✻ Instruções obrigatórias ao usar a loja dos dias de chuva.

Primeiro, as moedas de ouro recebidas da loja de penhores de infortúnios só podem ser usadas dentro da loja.

Segundo, as moedas de ouro só são válidas durante a estação das chuvas.

Terceiro, depois que as esferas são levadas para o mundo humano, não podem ser trocadas ou reembolsadas

Quarto, a felicidade contida nas esferas é ativada por um feitiço no momento desejado.

Quinto, se jogar fora ou desistir de uma esfera, ela retornará ao seu dono original.

Havia mais uma série de informações, um mapa da loja em miniatura e roteiros recomendados. Entre eles, o restaurante dos irmãos Bordo e Bormo, descrito como o melhor de todos. Na foto, goblins com rostos idênticos, que pareciam ser gêmeos, exibiam sorrisos radiantes.

Havia até um cupom de desconto para o cassino na última página. Serin não parecia ter nenhum motivo para ir até lá, mas decidiu mantê-lo com ela só para garantir.

— Em primeiro lugar, como já está tarde, espero que confiem os seus infortúnios à loja de penhores subterrânea e depois sigam para descansar nos aposentos confortáveis que preparamos para vocês. Mais uma vez, Toriya será o guia. Obrigado mais uma vez pelo seu serviço.

Durov apontou para a porta do lado oposto à saída, onde o grande Toriya, que Serin tinha visto antes, ainda esperava pelas pessoas, segurando uma bandeira amarela que continuava não combinando.

Parecia que ele estava encarregado de fornecer as instruções ali.

— Até mais tarde, então. Se tiverem alguma dúvida ou estiverem procurando esferas específicas, por favor, venham ao meu balcão de informações a qualquer momento.

Muito educado, Durov fez uma mesura profunda para se despedir dos presentes.

Uma por uma, as pessoas foram se aglomerando em volta de Toriya.

Porém, talvez por ainda faltar a última etapa, ele não se moveu de imediato e conferiu os bilhetes um por um antes de carimbá-los. Depois, distribuiu um relógio de pulso para cada.

Era um relógio de pulso comum, idêntico ao que estava pendurado na parede, apenas em tamanho reduzido. Mas, estranhamente, não importava o quanto o virassem, as gotas de água só caíam para um lado.

Mas, o que era ainda mais estranho, é que os bilhetes das outras pessoas eram prateados, diferente do de Serin. Por um momento, ela ficou nervosa, achando que seu bilhete estava errado, mas Toriya não se importou e o carimbou com a mesma determinação dos demais.

A única expressão que mudou um pouco foi a de Durov, que ainda não tinha saído do palco e observava a situação. Mas ninguém, incluindo Serin, percebera.

Serin deu um suspiro de alívio e se aproximou do velho, cujo bilhete fora verificado antes do dela.

Depois de carimbar o bilhete de Serin, que foi a última, Toriya começou a conduzir as pessoas escada abaixo. Ao contrário da entrada principal, a passagem não era tão larga. Então, Toriya caminhou encolhido, e uma longa fila seguiu atrás.

Não demorou tanto quanto se imaginava para todos saírem. O som do murmúrio desapareceu e o som de passos tornou-se gradualmente distante.

O interior da loja ficou silencioso outra vez, como se nada tivesse acontecido.

EPISÓDIO 7:
A LOJA DE PENHORES DE INFORTÚNIOS DE BERNA

No porão, lâmpadas incandescentes brilhavam fracas, pendendo baixas do teto. Tão antigas que piscavam de tempos em tempos. Mesmo abaixando o máximo possível enquanto andava pela passagem estreita, Toriya bateu a cabeça várias vezes, fazendo com que punhados de terra caíssem do teto cavernoso. Algumas pessoas pensaram que a passagem estava desmoronando e abraçaram a pessoa ao lado, pedindo desculpas depois. Algumas já estavam começando a brigar.

— Vamos parar de empurrar, sim?

— Vê se anda logo.

As escadas que se estendiam até o porão eram íngremes e alguém poderia facilmente cair se não prestasse atenção ao chão. À medida que desciam, não só a umidade piorava, mas também o cheiro de mofo, tornando o lugar inadequado para ficar por muito tempo.

— Até quando vamos continuar descendo, afinal?

As reclamações das pessoas aumentaram gradativamente. Não se sabia se Toriya não estava conseguindo ouvir ou só fingindo, pois apenas continuou caminhando em silêncio.

Então, um homem na dianteira acabou tropeçando e caindo. Ao investigarem a falta de um barulho de tombo, as pessoas notaram que, felizmente, o chão sob a escada era plano, e pareceram mais aliviadas pelo fato de a escada ter terminado do que pelo homem não ter se ferido.

Não muito longe dali havia uma construção pequena e desgastada, parecendo uma antiga mercearia rural, perfeita para vender *junk food*. Mas o que se viu de perto foi diferente.

Que lugar é este?

A parede de um dos lados estava coberta com barras de ferro e havia uma parede de vidro espesso. Era como se algo muito importante estivesse escondido ali. No centro da parede de vidro transparente, havia vários buracos pequenos para se conversar e também um buraco grande do tamanho de uma cabeça.

As pessoas foram se aproximando até que pararam, assustadas com o que viram.

Um goblin que parecia mal-humorado à primeira vista estava sentado torto do outro lado da parede de vidro, com um cachimbo longo na boca. A sala, que não parecia muito grande, estava cheia de fumaça de cigarro. Quem não olhasse de perto poderia confundir com um incêndio.

O goblin tinha uma feição tão feroz que era difícil até saber se era homem ou mulher. No entanto, a julgar pela maquiagem pesada e pelo cabelo cacheado preso, era uma goblin feminina.

Seus adornos de ouro também contribuíram para esse julgamento. Havia um brinco pendurado em sua orelha que poderia ter sido usado como alça de ônibus, e todos os seus dedos tinham anéis. O que mais se destacou, acima de tudo, foi o colar. Seu pescoço ostentava várias camadas de colares de ouro do tamanho de correntes, tão pesadas que, se abaixasse a cabeça, talvez precisasse da ajuda de alguém para levantá-la novamente.

Serin olhou no livreto informativo que recebera antes. Por sorte, na segunda página havia o rosto de uma goblin fumando um cigarro, com uma cara emburrada.

Berna, era esse o nome da dona da loja de penhores de infortúnios.

A goblin olhou para os humanos alinhados em uma longa fila e levou o microfone acoplado à boca.

— Vamos lá, pessoal...

Porém, quando o microfone não funcionou, bateu nele com a mão que estava apoiando o queixo.

Bip.

Um som mecânico desagradável soou tão alto que as pessoas taparam os ouvidos. A goblin soltou um suspiro exasperado e deixou o microfone, quase o jogando ao lado da cadeira em que estava sentada. Todos os olhos se voltaram para ela.

Berna respirou fundo, abriu a boca novamente e falou em uma voz alta que pôde ser ouvida até o fim da linha.

— Bem, vou pular a saudação e partir logo para a explicação. Prestem atenção, porque odeio ter que repetir. Se alguém não entender e agir como um tolo, vou tirar suas calças, chutar sua bunda e te expulsar.

A voz estrondosa da goblin ainda se ouvia quando uma risada ecoou. Um homem ria tanto que seus braços chegavam a balançar. Devia ter achado que a ameaça de Berna era só parte do humor dos goblins. Quando percebeu o clima esquisito, tratou de cobrir a boca com a mão. Depois de um momento de silêncio constrangedor, as pessoas olharam preocupadas para Berna, como se pudessem levar um chute na bunda a qualquer momento.

Felizmente, a goblin apenas revirou os olho se foi direto ao ponto.

— De agora em diante, nosso querido Toriya distribuirá uma esfera pequena para cada um de vocês. Segurem as esferas com as mãos e recitem o feitiço enquanto pensam em algo em suas vidas que vocês consideram desnecessário ou que gostariam que desaparecesse. O feitiço é *"Dru Ep Zula"*. Vamos, repitam comigo: *"Dru Ep Zula"*.

As pessoas obedeceram, entoando o feitiço em uníssono como um coral. Aquelas que não conseguiram ouvi-las com clareza não tiveram coragem de pedir que ela repetisse e checavam a pronúncia com a pessoa à frente ou atrás delas.

— Muito bem, repitam o feitiço até que todos os seus pensamentos estejam na esfera. Em tom baixo, para não incomodar os outros.

Berna pareceu ter se esquecido de um detalhe e acrescentou um comentário:

— A maior qualidade de uma esfera do goblin é seu brilho. Se quiser conseguir um preço máximo por ela, tome cuidado para não sujá-la.

Toriya, que estava ao lado dela, tirou pequenas esferas do bolso frontal de seu macacão e começou a distribuí-las. O bolso não parecia tão grande, mas, estranhamente, as esferas saíam sem parar.

Ao contrário das esferas vistas antes, aquelas eram de vidro transparente, sem cor alguma.

Quando recebeu a sua, do tamanho de uma ervilha, Serin teve que usar as duas mãos para segurá-la. Dezenas de esferas, talvez mais de cem, brilhavam fracamente sob a iluminação escura.

Serin podia ouvir o som do feitiço que ouvira há pouco sendo recitado aqui e ali. Ela também fechou os olhos e pensou devagar em seu infortúnio. Não foi nada difícil para ela.

A família sempre foi pobre desde que seu pai falecera.

Sua mãe estava tão ocupada que nem prestava atenção nela, e sua irmã mais nova saíra de casa e não dava notícias desde o ano anterior.

Não havia ninguém por perto que ela pudesse chamar de amigo, ninguém que acreditasse nela e a apoiasse.

Desse modo, a felicidade que Serin desejava não era tão extravagante.

Ela sentia inveja da vida comum das outras pessoas.

Pais que fossem às cerimônias de admissão e formatura.

Uma irmã mais nova que fosse sua amiga e ouvisse suas preocupações.

Mas ela estava sempre sozinha e solitária.

Os momentos difíceis passaram interminavelmente diante dos seus olhos.

❖

De repente, Serin se deu conta de que talvez tivesse passado tempo demais de olhos fechados, então começou a abri-los devagar.

Algumas pessoas ainda recitavam o feitiço, mas a maioria estava reunida na frente ou conversando casualmente com as pessoas próximas.

Alguém impaciente já havia levado a esfera para Berna e estava esperando o resultado. A fumaça de cachimbo do outro lado da parede de vidro estava ainda mais densa e mal se conseguia ver o rosto dela. Serin fechou os olhos de novo e ficou no final da fila, tentando colocar mais infortúnios seus na esfera.

— Hum...

Berna manuseava as esferas com uma expressão muito séria, como um médico numa mesa de cirurgia.

Ela pesou as esferas que recebeu e olhou de vários ângulos através de uma lupa, que parecia ser para avaliar joias. Só então vasculhou seu bolso grande e distribuiu um punhado de moedas de ouro para cada pessoa. À primeira vista, parecia que ela estava distribuindo de qualquer jeito, mas não era esse o caso quando observado com mais atenção. Ela pegava de volta uma ou duas das moedas de ouro que havia dado e, às vezes, acrescentava mais algumas. Não se sabia ao certo, mas ela parecia precificar com base em um parâmetro de valor próprio. Apesar de sua aparência, ela tinha uma personalidade meticulosa.

Ah, sim, pensou Serin.

Observando Berna, Serin lembrou-se do que ela dissera por último sobre a importância do brilho das esferas.

Olhou ao redor disfarçadamente. Talvez algumas pessoas tenham pensado a mesma coisa, pois algumas analisavam as esferas em vários ângulos diferentes. Elas limparam as esferas com pressa nas roupas antes de chegar a sua vez e tentaram assoprá-las e esfregá-las da melhor maneira possível.

Serin também pegou um lenço e limpou a esfera repetidas vezes.

Ela não gostava do padrão floral cafona do lenço, mas tinha o costume de levá-lo consigo porque a mãe insistia para que andasse sempre com aquilo.

A longa fila de repente ficou mais curta. Ao ver que Serin continuava limpando a esfera sem perceber que era sua vez, Berna, com um olhar de desaprovação, tirou a esfera da mão dela junto com o lenço.

— Ah, mas...

Surpresa, Serin olhou para ela, mas o humor de Berna era assustador demais e Serin não conseguiu dizer nada.

Berna segurou a esfera contra a luz fluorescente para ver melhor e, depois de digitar na calculadora várias vezes, entregou a Serin moedas de ouro suficientes para empilhar em suas mãos. Depois, embrulhou a esfera com o lenço de Serin, deu um nó na ponta e colocou-a onde as esferas estavam reunidas.

Quando Berna sinalizou com os olhos que tinha acabado, Serin não teve escolha a não ser se afastar.

Berna exalou a fumaça e olhou atentamente para o bilhete à vista no bolso de Serin. Então, depois de confirmar que todos haviam saído, pegou seu rádio.

— Sim, acabei de encontrar uma humana com um bilhete dourado.

Depois de receber algumas instruções, Berna tirou uma pequena caixa de joias de uma gaveta. Quando removeu a tampa, uma sombra e uma fumaça preta saíram de dentro dela.

A sombra ficou girando em volta de Berna por um momento e então parou sobre a mesa.

— Siga a humana com o bilhete dourado que acabou de sair. Este é o cheiro dela.

A sombra assumiu uma forma estranha e o cheirou. Depois, tornou a ficar disforme e se dirigiu para algum lugar.

Logo penetrou na escuridão e tornou-se invisível. Berna usou uma longa lima de ferro para aparar as unhas já bem cuidadas.

— Não posso deixar que faça isso do seu jeito — disse ela, enquanto lixava as unhas.

❖

Serin, que havia entregado a esfera por último, acabou se perdendo ao sair da loja de penhores de infortúnios. Tudo porque foi amarrar o tênis enquanto saía. Embora tivesse a impressão de ter baixado a cabeça só por um instante, havia perdido o grupo de vista. Apertou o passo, pensando que conseguiria alcançá-las, mas, pelo visto, acabara em um lugar completamente diferente. A passagem, que já era escura, parecia ainda pior. Até que perdeu seu senso de direção e não soube mais para onde ir.

— Tem alguém aí?

Serin gritou com toda a força, mas tudo o que voltou foi um eco. Foi quando se perguntou por um momento se deveria voltar para o lugar de onde viera. Uma pequena tocha acesa em um canto chamou sua atenção. A visão da chama tremulando na altura dos olhos, como se flutuasse no ar, parecia um tanto assustadora, mas como a sua vontade de ir para um lugar mais iluminado, por ínfimo que fosse, era maior, decidiu não pensar muito e apenas seguiu em direção à tocha.

Afinal, onde eu estou?

Ao se aproximar, constatou que a tocha estava fixada na parede com uma argola de ferro, e ao lado havia uma porta de ferro enferrujada e misteriosa. Não havia ninguém vigiando, mas como tinha uma fechadura, parecia que não era qualquer um que podia entrar. Tentou empurrá-la por curiosidade, mas a porta não se mexeu. A placa, que ela notou só mais tarde, tinha um "X" em vermelho. Qualquer um poderia notar que foi colocada como um sinal de proibição de acesso.

— *Puf...*

Serin ouviu quando suspirou levemente e estava prestes a voltar.

— Você está aqui.

Uma voz que tinha ouvido antes soou acima da cabeça de sua cabeça.

Ao virar-se, viu o mesmo goblin bigodudo de antes olhando para ela e perto de suas costas o suficiente para deixá-la desconfortável.

Serin se assustou e deu alguns passos para trás. Não sabia até onde teria ido se não tivesse sido barrada pelo portão de ferro.

— Aí é onde fica a masmorra — falou Durov outra vez, sem dar tempo para Serin poder se acalmar.

— Masmorra? — perguntou Serin de volta, sem pensar. Ela até achou que ali era mesmo uma loja incomum, mas nunca imaginou que teria uma masmorra.

— Uma vez lá, as pessoas não conseguem sair facilmente. É um lugar terrível.

Durov estremeceu como se não quisesse nem pensar naquilo. Serin engoliu em seco e perguntou a Durov o que, na verdade, ele queria perguntar para ela.

— Mas o que você está fazendo aqui?

— Poxa vida, quase me esqueci. Eu devia ter explicado antes para a senhorita. — Durov bateu na testa, tomando cuidado para não estragar o penteado. — Às vezes, algumas pessoas aparecem com bilhetes especiais, assim como o seu. E oferecemos benefícios à parte para essas pessoas.

— O meu bilhete é especial? — perguntou Serin, se certificando com a mão para ter certeza de que o bilhete estava em seu bolso.

— É, sim. Posso vê-lo, se não se importa? — pediu Durov, depois de tomar um gole da xícara de chá que trouxera consigo.

Devagar, Serin estendeu o bilhete que estava em sua mão e o entregou a ele. Durov colocou os óculos, que usava como um colar pendurado em um longo cordão, e olhou para o bilhete, quase encostando o nariz.

— Definitivamente é um bilhete dourado.

Durov soltou um assobio curto. Serin, que não tinha ideia do que estava acontecendo, apenas o observou.

— Se não estiver ocupada, poderia reservar um momento e vir comigo ao balcão de informações, por favor? Tenho muita coisa para contar e tenho certeza de que você vai gostar.

Só a ideia de poder sair daquele lugar já deixou Serin feliz.

Então, ela aceitou prontamente a oferta.

— Por aqui, por favor.

Durov liderou o caminho e Serin seguiu de perto. Logo, suas figuras desapareceram na escuridão.

EPISÓDIO 8:
O BALCÃO DE INFORMAÇÕES DE DUROV

Chegaram a um espaço tranquilo, não muito longe da entrada da loja. Ao contrário do porão escuro, estava bem iluminado, e seus olhos levaram um tempo para se ajustarem. Durov girou a maçaneta bem polida.

— Fique à vontade.

A primeira coisa que apareceu à vista de Serin foi um piso de mármore tão liso que refletia seu rosto. Exceto nos corredores, havia ali sofás luxuosos nos quais dava até receio de sentar. Mas não tinha ninguém à vista. Parecia que todos estavam descansando nos tais aposentos que a loja havia preparado.

Apenas um jovem goblin com uniforme azul se esforçava para ajustar o ângulo do sofá no canto. Ele estava bastante concentrado, a ponto de prender a respiração, e só se levantou depressa e fez uma saudação quando Durov pigarreou. Por causa disso, o sofá, que finalmente estava alinhado em linha reta, voltou a ficar torto.

— S...senhor Durov!

Durov fez uma saudação simples, apenas levantando a mão.

Talvez o lugar fosse limpo todos os dias, ou então aquele era o dia de uma grande faxina, pois o chão estava reluzente e sem poeira. O papel de parede e os adereços eram totalmente brancos. Então, Serin se sentiu como se estivesse em um hospital. Ela caminhou com cuidado, com medo de que seus sapatos sujos pudessem deixar pegadas no lugar. E, de fato, o goblin de minutos atrás chegou correndo atrapalhado, como se o mundo estivesse prestes a acabar.

Ele ficou quase colado em Serin, limpando o chão com um esfregão grande. Quando Serin estava prestes a se desculpar, Durov falou primeiro.

— Este é o balcão de informações onde eu fico.

Serin parou de olhar para trás e olhou na direção para a qual ele apontou. Sobre uma mesa limpa, também pintada de branco, havia uma placa de madrepérola com o nome de Durov escrito. Talvez por causa das fortes luzes fluorescentes, a placa de identificação brilhava com esplendor e, ao lado dela, havia todo tipo de estátuas alinhadas em ordem de tamanho.

Embora se chamasse balcão de informações, era um espaço luxuoso que poderia facilmente ser considerado o escritório do presidente de qualquer empresa.

— Por favor, sente-se aqui.

Durov ofereceu a Serin uma cadeira de atendimento ao cliente com rodinhas, depois entrou no balcão de informações, dobrou os joelhos sob a mesa e perguntou:

— Você quer café?

— Não, obrigada.

Durov não insistiu e largou um dos dois sachês de café instantâneo que tinha pegado. Depois, pegou a chaleira fervendo, que Serin pensou ser um umidificador, e encheu uma xícara. O cheiro de café se espalhou rapidamente.

— O que trouxe você aqui em particular... — disse Durov, movendo as pilhas de documentos em sua mesa para um canto. À primeira vista, pareciam as cartas abertas e empilhadas que as pessoas tinham enviado para lá. — Quero explicar em detalhes o quão sortuda você é. Por gentileza, qual é o seu nome?

— Ah, me chamo Serin, Kim Serin.

Ela demorou um pouco para responder porque estava espiando a pilha de documentos, pensando onde estaria a sua história. Enquanto isso, Durov, depois de tomar um gole de café, continuou a explicar.

— Prazer em conhecê-la, senhorita Serin. Como já mencionei, seu bilhete é um pouco diferente de um bilhete normal. Chamamos isso de Bilhete Dourado.

Serin olhou para o bilhete novamente. Depois de ouvir Durov, o bilhete parecia de alguma forma mais luxuoso do que antes.

— Com um bilhete dourado, você não só pode ter várias esferas, como também pode olhar direto para a felicidade contida nelas e escolher a que mais gosta. Isso significa que pode ter uma espécie de experiência indireta. Além disso, não precisa se preocupar em procurar as lojas, basta nos dizer qual esfera você deseja e pode ir para qualquer lugar com o espírito-guia que forneceremos.

Durov levantou-se de uma cadeira de encosto alto que um rei medieval poderia ter usado e acariciou uma das estátuas alinhadas ao lado da placa. Parecia um bichinho de pelúcia fofo que Serin compraria de lembrança se tivesse viajado para o exterior, apesar de nunca ter feito isso.

— Vamos ver qual é o melhor…

Durov esfregou as palmas das mãos e olhou para as estátuas uma por uma. Ele parecia muito animado, como uma criança cheia de moedas para brincar em uma máquina de pegar bichinhos de pelúcia.

Seu olhar errante parou na estátua do gato no outro extremo.

— Este parece bom.

Durov pegou a estátua e falou algo ininteligível, que parecia um feitiço. Ao mesmo tempo, algo inacreditável aconteceu.

A estátua de pedra no balcão de informações tremeu e rachou. O objeto, que até pouco antes era de pedra, se transformou em um em um gato vivo e felpudo. O animal sacudiu o pó da pedra, pulou em cima de Durov e lambeu seu rosto até deixá-lo coberto de saliva.

Depois que o goblin conseguiu acalmar o gato, ele o tirou do rosto e o colocou sobre a mesa.

— Este se chama "Issha" e parece estar de bom humor depois de acordar pela primeira vez em muito tempo.

Issha aproveitou o breve momento em que Durov estava falando para cutucar com as patas as outras estátuas sobre a mesa, quase derrubando-as.

Felizmente, com movimentos rápidos, Durov conseguiu pegar todas antes que caíssem no chão. Tentando arrumar o penteado, lambido pela língua do gato, o goblin então falou:

— Issha é um espírito-guia fornecido apenas aos hóspedes com bilhetes dourados. Pode parecer um gato comum, mas possui habilidades únicas.

Durov agarrou pela nuca Issha, que tinha acabado de começar a morder as costas da cadeira, e levantou-o.

— Bem, em momentos como agora, você poderia simplesmente colocá-lo no bolso e carregá-lo assim…

Quando Durov pôs Issha no bolso inferior da jaqueta, o colocou de forma que apenas seu rosto ficasse visível. Então, tirou-o do bolso e o jogou para o alto.

Serin, que por um momento ouvia a explicação com uma expressão boba, se assustou e estendeu a mão na direção em que o gato caiu, mas ele já estava fora de seu alcance. Issha caiu de cabeça no chão com uma expressão inocente no rosto, como se nem soubesse que estava caindo.

— Não!

Serin virou a cabeça sem perceber e fechou os olhos com força. Um curto período de tempo se passou. Ela abriu um olho devagar, rezando para que o gato tivesse caído com segurança no chão com sua flexibilidade única, ou pelo menos que não estivesse gravemente ferido. O olho entreaberto de Serin logo se arregalou como se ela tivesse visto um cadáver.

No lugar de um gato pequeno, um gato gordo do tamanho de uma geladeira coçava a nuca com as patas traseiras. Além disso, seu rosto fofo e adorável havia desaparecido, e estava olhando para eles com olhos turvos, como se estivesse irritado. Não só parecia ter crescido em tamanho, como também sua personalidade parecia ter mudado por completo.

— Você pode alterá-lo para o tamanho que quiser, dependendo da altura da queda. E nunca vai se machucar, então, não se preocupe. — Durov se vangloriou como um apresentador de um programa de venda de eletrodomésticos. — Você também pode montá-lo para viajar longas distâncias.

Ele bateu duas palmas suaves e o grande felino levantou-se com um ruído, avançando devagar em direção a eles. Durov sentou-se nas costas de Issha com as pernas cruzadas, como se estivesse sentado em um confortável sofá da sala. Quando o animal se levantou, ele puxou o rabo de Issha uma vez e, ao soltá-lo, o gato voltou ao tamanho original.

Serin não conseguia fechar a boca, embora sua mandíbula não estivesse deslocada.

Issha, transformado em um gatinho de novo, foi até o balcão de informações, pegou com a boca um brinquedo parecido com uma vara de pescar e colocou-o na mão de Durov.

O goblin continuou a explicação, agitando a vara emplumada com uma das mãos.

— Issha tem um olfato excelente. Tirando o problema de ele ser muito guloso de vez em quando, é muito útil para encontrar direções e entende muito bem as pessoas. Se você disser qual esfera deseja ou o nome de um goblin, ele irá levá-la.

Desta vez, Durov colocou as mãos nas axilas de Issha e o levantou para mostrar sua cara para Serin. O gato fez contato visual com ela, os olhos brilhantes. Um sorriso surgiu nos lábios da jovem quando ela olhou para o rosto adorável e inocente dele.

— Mais uma observação importante.

Durov pegou uma das esferas do goblin em sua posse e colocou-a na boca de Issha.

Nesse momento, os olhos de Issha ficaram azuis e começaram a emanar uma luz. A claridade envolveu Serin, e algo misterioso, como uma ilusão ou algo assim, começou a surgir diante dela.

À medida que os contornos fracos se tornavam gradualmente mais claros, a luz desapareceu de repente. A esfera que estava na boca de Issha tinha sido movida de volta para a mão de Durov.

— Por enquanto, estou apenas dando um gostinho para fins de explicação. Então, não se surpreenda. Issha e nós, goblins, podemos olhar dentro das esferas. E conseguimos mostrar uma parte delas para quem possui um bilhete dourado.

Durov tirou do bolso de trás um pente do tamanho de uma machadinha e o passou pelos cabelos.

— Claro que é por um período muito curto, mas será de grande ajuda na escolha das esferas.

Uma esfera verde-clara brilhava na palma da mão do goblin tão intensamente quanto a placa de madrepérola. Serin, no entanto, ainda estava mais interessada no gato bem à sua frente, que ainda a encarava.

— Gostou dos benefícios que oferecemos a você? — perguntou Durov, com uma expressão confiante.

— Sim, claro. Mas você realmente está me dando este gato?

— De certo modo, sim. Você será a tutora de Issha enquanto permanecer na loja.

Durov entregou Issha para ela. Enquanto Serin o recebia com cuidado, do nada ele deu um estalo, virou fumaça e surgiu do tamanho de um gato adulto normal, esfregando o corpo entre as pernas de Serin.

— Que bom, parece que Issha gosta de você. Às vezes, quando encontra um cliente de quem não gosta, ele morde o calcanhar e dá trabalho. Mas parece que não precisarei me preocupar com isso.

Serin acariciou as costas de Issha, com o rabo bem ereto.

— Mas eu nunca tive animais. Há alguma coisa de que Issha goste, algo com que eu deva ter cuidado ou algo parecido?

— Alguma precaução... — Durov brincou com o queixo pontudo. — Se você der comida na hora certa, ele não causará muitos problemas. No entanto...

O goblin parou, ponderando. Serin esperou por ele em silêncio, sem apressá-lo.

— Issha tem trauma de humanos. Quando o encontrei por acaso no mundo exterior, ele estava abandonado e morrendo de fome. Eu senti pena dele. Então, o trouxe para cá e fiz dele um espírito-guia.

Durov acrescentou baixinho, como se estivesse falando sozinho:

— Mas eu me pergunto se ele poderá reencarnar...

— Reencarnar? — perguntou Serin, conseguindo captar as palavras quase inaudíveis.

— Bem, não é nada demais... Os animais que se tornam espíritos-guia aqui têm a chance de renascer no mundo humano. De certa forma, pode-se dizer que todas essas criaturas daqui estão esperando pela reencarnação.

Durov apontou para as estátuas de pedra colocadas sobre a mesa grande.

— Issha é o espírito-guia mais antigo daqui, mas não conseguiu reencarnar até agora. Para conseguir, o amor humano deve fluir, mas talvez por causa das lembranças traumáticas de abandono esteja sendo difícil para ele absorver.

Serin olhou em volta, pensando que Issha estivesse ouvindo, mas ele estava embaixo de um sofá distante, preocupado em se limpar, esfregando o rosto com as patas.

— Acho que eu disse algo desnecessário. Você não precisa se preocupar com essa parte. De qualquer forma, o importante é você encontrar a esfera que deseja e retornar ao mundo humano antes que termine a estação das chuvas.

Durov tirou do bolso da jaqueta uma chave dourada desgastada e estendeu-a para Serin.

— Agora, este é o último benefício do bilhete dourado. Enquanto estiver aqui, você pode ficar em uma suíte de luxo separada. Pode utilizar todos os serviços oferecidos pelo hotel, além de ter uma cama grande e macia onde até Toriya consegue se deitar. Além disso, saiba que você pode entrar em contato comigo a qualquer momento pelo telefone no quarto.

Durov tomou um gole do café ainda fumegante e alisou o bigode com o polegar e o indicador. O bigode, que ficou alisado por um tempo, enrolou-se novamente.

— Obrigada.

Quando Serin recebeu a chave e fez uma reverência, Issha se aproximou bem a tempo.

— Espero que você aproveite.

Durov acompanhou Serin até a entrada.

Ela desapareceu rapidamente, seguindo Issha, mas o goblin a observou por um longo tempo.

EPISÓDIO 9: O SALÃO DE CABELEIREIRO DE EMMA

Na manhã seguinte, Serin queria dormir mais na cama macia, mas acordou ao sentir um toque. Issha estava "amassando pãozinho" em sua barriga. Rindo, Serin colocou o gato no chão de carpete vermelho e abriu um bocão para bocejar.

Debaixo da cama havia chinelos de alta qualidade com um logotipo de uma marca famosa. Parecia ter sido preparado deliberadamente considerando o gosto humano, mas Serin, por algum motivo, se sentiu desconfortável em usá-los e foi descalça para o banheiro.

Uau, o banheiro parece saído de um filme!

Serin abriu o chuveiro, que não usava desde criança, e molhou o cabelo com água. Só então recobrou o juízo. Não tinha conseguido dormir na noite anterior porque ficou pensando que, ao nascer do sol, conseguiria a esfera que desejava.

Na noite anterior, Serin tinha se revirado na cama, imaginando qual esfera ela deveria ter para ser feliz. Então, uma cena de repente passou pela sua cabeça. Aquela do estudante que tinha visto no trem enquanto estava indo para lá. Mais precisamente, o nome da faculdade no livro dele.

Serin arregalou os olhos a ponto de espantar o sono, que já não vinha. Uma luz laranja iluminava suavemente o quarto, e um perfume forte ainda irradiava das pétalas de flores que alguém havia colocado na cama. Serin organizou seus pensamentos bebendo um copo de água da garrafa prateada ao lado dela.

Sim, vou para a faculdade e começarei uma nova vida.

Até se perguntou por que não tinha pensado naquilo antes. Talvez porque tivesse desistido cedo da faculdade e só pensava no taekwondo. Mesmo quando os alunos de sua turma se sentavam em grupinhos para falar sobre a faculdade que gostariam de cursar, Serin não participava e muitas vezes fingia não ouvir ou fugia.

Serin sonhou com a vida no campus, algo em que ela tentava não pensar até então. Tudo o que conhecia vinha das séries ou filmes que assistia.

Eu queria que amanhã chegasse logo...

A primeira coisa que lhe veio à mente foi a sua imagem caminhando pelo campus, com toda liberdade. Ela queria escolher as disciplinas que desejava, em vez de ter um horário definido, e encontrar amigos que pensavam como ela em atividades do clube no seu tempo livre. Achou que não seria uma má ideia usar o dinheiro que economizaria trabalhando meio período para comprar algo que queria ou para fazer intercâmbio.

O coração de Serin inflou como se ela já tivesse se tornado uma universitária. Parecia não haver nada melhor em que ela pudesse pensar naquele momento. Os pensamentos foram deixando a cama mais confortável e o sono enfim chegou.

Depois de tomar um banho rápido, Serin secou o cabelo com uma toalha e procurou por Issha. Ele estava se espreguiçando perto da cama e, quando a viu, foi em sua direção, abanando o rabo.

Com o cabelo ainda molhado, Serin se ajoelhou e ficou na altura dos olhos do gato.

— Basta que eu diga para você a esfera que eu quero, certo?

Como se uma confirmação à pergunta, Issha balançou o rabo ainda mais forte.

Na noite anterior, Serin tinha percebido que havia algo de especial nele, além de suas habilidades. Embora parecesse um gato normal, às vezes agia como um cachorro. Mesmo agora, ele estava olhando para ela ofegante e com a língua de fora. Serin não se surpreenderia se ele soltasse latidos em vez de miados.

— Espere só um pouco. Eu vou me aprontar logo e já vou te contar.

Serin pensou por um momento sobre o que fazer com o roupão de banho que usava e então o pendurou onde estava antes. Havia todos os tipos de cosméticos na penteadeira, mas Serin usou apenas tonificante e um pouco de hidratante. Enquanto isso, Issha, esparramado no chão, esperava pacientemente por ela.

Havia uma tigela vazia na frente do gato, como se ele mesmo a tivesse trazido. A tigela, que Serin havia enchido de ração à noite só para garantir, estava vazia agora.

— Bem que falaram que você é guloso.

Serin se lembrou do que Durov dissera por acaso. Ela achou que a ração duraria pelo menos dois dias, mas não sobrou nenhum vestígio, como se alguém tivesse lavado a tigela. Serin pegou o menu do serviço de quarto sobre a mesa preta.

Normalmente, teria sido algo que ela nunca ousaria fazer, mas Serin tinha dezenas de moedas de ouro que recebera na loja de penhores. Não havia razão para hesitar, já que aquele dinheiro só poderia ser gasto ali durante a estação das chuvas.

— Vamos ver... O que seria melhor?

Serin escolheu o item que pareceu mais gostoso pelas fotos do cardápio. Pouco depois de fazer seu pedido pelo telefone, ouviu alguém batendo na porta. Quando a abriu e espiou para fora, viu um carrinho de serviço.

A bandeja coberta sobre o carrinho exalava um cheiro delicioso. Ao lado da bandeja havia uma conta, junto com um pedaço de papel com o número do quarto. Serin não pensou duas vezes e puxou o carrinho.

VUP.

Ao abrir as cortinas, ela pôde ver a paisagem através da janela de vidro. Prédios de todos os tipos estavam amontoados, tendo como fundo um campo amplo, como se fossem de uma rua movimentada de uma cidade. Alguns edifícios eram quadrados, enquanto outros eram triangulares ou cônicos. Havia até formas de asterisco e diamante. Os tamanhos e formas eram todos diferentes, como se fosse proibido construir edifícios iguais ali.

Serin fez uma refeição rápida de pão com leite e deu o resto da comida e sobremesa para Issha.

Tal como Durov disse, Issha comia bem qualquer coisa. Apesar de seu corpo pequeno, ele comia com tanta diligência que qualquer um pensaria que havia passado fome por vários dias. Issha ronronou com uma cara satisfeita depois de lamber até o fundo da tigela.

— Issha, eu estive pensando e… — começou Serin, enquanto limpava o leite do canto da boca com um guardanapo. — Quero entrar em uma boa faculdade. É possível?

Ela perguntou com cautela, mas o gato miou alto como se não houvesse problema. Talvez só estivesse feliz pela refeição.

Issha olhou para trás como se estivesse pedindo para ela o seguir e saiu correndo pela porta do hotel.

Estava claro lá fora, como se nunca tivesse chovido. O sol brilhava forte e o tempo estava perfeitamente ensolarado. Se não fosse pelo relógio pendurado no pulso, ela teria esquecido que era época de chuva lá fora e que chovia o dia todo.

Olhando para o relógio, a quantidade de água que já tinha caído era pequena, e ainda tinha bastante. Ela se lembrou de quando Durov mostrou a xícara de chá vazia e assustou as pessoas com suas palavras.

"Se vocês não saírem antes do fim da estação chuvosa, desaparecerão para sempre."

Serin jurou nunca perder o relógio e caminhou rapidamente para evitar perder Issha de vista.

— Que prédio bonito!

Issha parou em frente a um edifício de tijolos vermelhos de três andares. Embora fosse pequeno, as paredes eram lindamente cobertas de hera, fazendo com que parecesse uma obra de arte. As heras pareciam vibrantes, como se estivessem vivas, e contrastavam com a cor dos tijolos. Serin olhou para o prédio e se aproximou lentamente da entrada.

Quando abriu a porta e entrou, uma campainha tocou, indicando que um convidado havia chegado.

— Bem-vinda!

Antes mesmo de pisar no interior, uma voz animada veio de algum lugar, como se estivesse esperando sua chegada. Serin olhou para cima e viu alguém quase caindo da escada. Ou era muito impaciente ou gostava muito de receber visitas. Serin achou que poderiam ser ambos.

A dona da voz era uma jovem goblin que parecia ter uns vinte anos. Ela deu as boas-vindas a Serin com um grande sorriso no rosto. Usava um avental cheio de tinta, com manchas coloridas aqui e ali, como uma artista que estivesse pintando um quadro. O cabelo tingido de azul também era impressionante.

— Olá... Estou aqui por causa da esfera...

— Ah, parece que já é a estação das chuvas.

Com uma expressão ansiosa, ela agarrou o pulso de Serin e a conduziu até as escadas que levavam ao segundo andar. Aproveitou o pequeno intervalo que teve enquanto subia as escadas para perguntar a Serin qual era o nome dela e quantos anos tinha, então disse que ela era a designer-chefe daquele salão de beleza e que seu nome era Emma.

Embora no primeiro andar houvesse apenas algumas cadeiras cilíndricas com almofadas, havia alguns clientes no segundo. Todos tinham toucas de plástico na cabeça e cada um segurava uma revista nas mãos.

Emma guiou Serin até uma cadeira vazia.

— Por favor, sente-se aqui.

Ela já começou a cantarolar como se algo de bom estivesse acontecendo.

— Sabe que já faz muito tempo que não corto um cabelo humano?

Emma falou com Serin de maneira amigável, como se ela fosse uma cliente antiga.

— E quanto às esferas...

— Nossa, você já se esqueceu das regras da nossa loja?

Emma enrolou um pano fino que parecia de embrulho em volta do pescoço de Serin e continuou sem que a garota tivesse tempo de responder.

— Você pode receber as esferas depois de usar as lojas, então não precisa se apressar.

Enquanto dizia isso, Emma se atrapalhava à procura de grampo e tesoura. Foi fácil encontrar um grampo vermelho com uma presilha de borracha na ponta, mas estava difícil encontrar a tesoura. No final, só depois de bagunçar tudo ao seu redor a ponto de virar um caos, Emma pediu a compreensão de Serin.

— Opa, me desculpe. Você pode esperar um momento?

— Sim, claro.

Serin estava desconfortável com o pano amarrado com muita força em seu pescoço, mas não demonstrou. Emma olhou debaixo das solas do goblin sentado ao lado dela e até pediu para ele se levantar. Mas como ainda não conseguia encontrar o que procurava, foi para o assento seguinte e repetiu a mesma coisa. Serin ficou um pouco preocupada com a possibilidade de ela ter que revistar todo o salão.

— *Ahem.*

Alguém pigarreou em direção a Serin. Ela olhou para o outro lado; um goblin de cabelos desgrenhados, que parecia ter ido ao salão pela primeira vez sem nunca ter cortado o cabelo em toda a vida, estava olhando para ela com curiosidade. Ao lado dele estava sentado um goblin careca que não se sabia por que estava ali. Ele, assim como os outros clientes, usava uma touca de plástico, mas também sem motivo aparente.

De repente, o goblin de cabelo bagunçado se apresentou sem ninguém pedir.

— Olá, meu nome é Burel. Eu pego a tranquilidade em momentos importantes e deixo as pessoas muito nervosas.

O goblin careca também não ficou parado e interveio.

— Já eu tenho roubado as mentes que tomam decisões. O momento em que mais gosto de roubar é na hora de escolher uma comida em um cardápio. Digamos que ver as pessoas incapazes de escolher coisas tão triviais é minha única alegria de viver em um lugar tão entediante como este. Prazer em conhecê-la, meu nome é Vance.

Sem saber como responder, Serin hesitou por um momento. Quando simplesmente tentou dizer o próprio nome, a expressão do goblin careca mudou e sua voz tornou-se terrivelmente aguda.

— Então, vamos parar com as apresentações e encher a barriga?

De repente, os olhos dos goblins brilharam vermelhos e suas longas presas se destacaram. Pareciam típicos vampiros que só se via em filmes de terror.

— Vamos te comer viva!

O goblin careca se aproximou rapidamente de Serin, agitando o pano que usava como capa. Serin ficou tão surpresa que engasgou e encostou-se nas costas da cadeira.

Nesse momento, um som alto e estridente veio de algum lugar. Era o som de Emma tropeçando no fio do secador que tinha enrolado em seu tornozelo. Mas, como se aquilo sempre acontecesse, ninguém, exceto Serin, prestou atenção. Emma também se levantou com calma, como se não fosse grande coisa, só limpou levemente os joelhos e andou até Serin.

Em sua mão, estava um avental um pouco mais sujo do que o anterior.

— Me desculpe, esperou muito, não? — perguntou Emma, ignorando Vance, que estava perto o suficiente para morder o pescoço de Serin. — Não dê bola para eles. Estão implicando com você porque não veem um humano há um ano. Nenhum goblin daqui come humanos. Só somos um pouco diferentes em aparência, mas até mesmo nossos hábitos alimentares podem ser considerados quase semelhantes aos dos humanos.

Vance resmungou com uma expressão azeda no rosto.

— Emma, você está tirando minha diversão. Vou ter que esperar mais um ano agora.

Quando Vance voltou ao seu lugar parecendo desanimado, Burel, o de cabelos bagunçados, deu um tapinha em seu ombro para encorajá-lo. Então, sussurrou insinuando que, como ainda era a estação das chuvas, outros humanos poderiam aparecer. O rosto taciturno de Vance rapidamente recuperou a vitalidade.

Emma pendurou no pescoço o avental que trouxera e deu um nó atrás da cintura. O avental tinha um bolso esquisito, grande e volumoso como a bolsa de um canguru.

O propósito do bolso logo ficou claro. Emma colocou a mão, remexeu um pouco e tirou com confiança um objeto.

Era nada mais, nada menos, que uma motosserra com lâminas afiadas.

Serin quase gritou. Seu rosto ficou ainda mais assustado do que quando ouviu a história de ser devorada pelos goblins agora há pouco.

— Não é isto...

Emma soltou uma risada envergonhada e remexeu no bolso novamente.

Desta vez, saiu uma tesoura pequena do tamanho de dois dedos, tão pequena que só serviria para aparar os pelos do nariz. Emma também a colocou de volta no bolso e enfiou todo o braço direito nele. Finalmente, apareceu uma tesoura para cabelo de tamanho normal. Serin estava curiosa para saber por que ela mantinha a tesoura comum tão bem escondida, mas não teve coragem de perguntar porque Emma estava muito exaltada.

Emma borrifou água no cabelo de Serin e começou a penteá-lo. Os fios de cabelo que estavam emaranhados logo se alinharam.

— Parece que você não é muito vaidosa.

Serin respondeu vagamente.

— Bem, não tenho muita paciência...

Emma mostrou um sorriso quase invisível enquanto colocava o cabelo entre os dedos e o penteava. As pontas do cabelo de Serin caíram no chão após um som de corte. Seu cabelo, que já não era comprido, ficou tão curto que chegava apenas abaixo das orelhas. Emma pegou algumas mechas para regulá-las, enquanto olhava no espelho, e vasculhou o armário em cima da prateleira, procurando por algo.

Enquanto isso, Burel, que lia o jornal com uma expressão séria, olhou para Emma e perguntou:

— Emma, você ouviu a notícia?

— Qual delas?

Com a cabeça enfiada no armário como se fosse entrar nele, Emma gemeu e mal respondeu.

— Recentemente, houve relatos de roubos em diversas lojas. Dizem que há um alvoroço porque o culpado ainda não foi pego, sabe? — Burel acariciou a barba, que era tão espessa quanto seu cabelo. — Está tudo bem por aqui?

— Sim, felizmente não aconteceu nada.

Emma conseguiu tirar com muito esforço a caixa empoeirada. Mas, ao mesmo tempo, pisou em uma mecha de cabelo, escorregou e se espatifou no chão. Houve um barulho estrondoso, mas ela se levantou novamente sem nenhum problema, tirando os cabelos do rosto.

— Acho que ninguém se atreve a invadir aqui por medo de vocês, já que vocês dois vêm aqui todos os dias.

— Pois é, não é?

Animado, o goblin de cabelos espessos balançou os ombros, realmente entendendo o comentário como um elogio. Ele até dobrou seu braço fino, exibindo músculos que mal podiam ser vistos, e pediu a Emma que os tocasse. Mas Emma fingiu estar ainda mais ocupada e nem prestou atenção. Ela mostrou para Serin a caixa que havia tirado do armário há pouco.

— Eu fiz, muito tempo atrás, este suplemento nutricional com elogios humanos que juntei.

Dentro da caixa rústica havia um líquido branco contido em um recipiente ainda mais rústico. Parecia tinta branca ou chantili misturado com água.

Emma verificou a data de validade no rótulo, abriu a tampa e cheirou. Serin também respirou fundo pelo nariz, mas não havia nenhum cheiro perceptível.

— Às vezes pego frases que não foram sinceras e não funciona. Então, sempre é bom fazer um teste antes.

Emma espalhou-o nas costas da mão e observou a penugem por um momento.

— Felizmente, este funciona bem.

Emma sorriu satisfeita, inclinou o recipiente e despejou líquido o suficiente para acumular na palma da mão. Ela esfregou-o entre as palmas, quase como se o estivesse passando nas próprias mãos, e depois aplicou-o em cada canto da cabeça de Serin.

— Aplique isto de manhã e à noite. Não é bom deixar o cabelo danificado. Deve ser uma boa opção para alguém como você, já que seus fios ficam facilmente com *frizz*.

Emma alisou o cabelo de Serin algumas vezes, e o cabelo dela, que sempre foi opaco, começou a ficar surpreendentemente bonito e brilhante. Ao mesmo tempo, uma lembrança que Serin havia esquecido lhe veio à mente.

Não fazia muito tempo que tinha começado a frequentar as aulas de taekwondo. Ela estava praticando o chute para trás que tinha aprendido naquele dia, quando sentiu alguém se aproximar.

Quando virou a cabeça, viu o instrutor, que sempre cumprimentava os alunos com um sorriso. Serin estava nervosa porque achava que sua postura estava uma bagunça, mas, para sua surpresa, ele disse que ela tinha talento para aquilo.

O instrutor a incentivou, dizendo que, com esse nível, conseguiria derrubar a maioria dos homens. Serin não sabia o que fazer com o elogio que ouvia pela primeira vez. Quando seu rosto ficou vermelho, abaixou rapidamente a cabeça para esconder sua vergonha. Porém, o instrutor até levantou o polegar, fazendo o rosto de Serin corar ainda mais.

Serin sacudiu o cabelo e voltou a si depois do breve devaneio. Olhando para trás, ponderou que talvez tivesse levado muito ao pé da letra as palavras ditas apenas para manter o número de pessoas na aula de taekwondo. Mais do que tudo, encontrar as esferas era importante para ela agora. Era melhor adiar pensamentos fúteis.

Enquanto isso, Emma limpou cuidadosamente os fios de cabelo do rosto e pescoço de Serin com uma esponja que parecia um tijolo. Por fim, afrouxou e retirou o pano de embrulho que estava apertado quase como se fosse estrangulá-la.

Serin se levantou, aproveitando ao mesmo tempo a sensação de liberdade por se livrar daquele pano e a alegria de ter um penteado de que gostava pela primeira vez.

— Quanto é?

Serin colocou a mão no bolso, volumoso e feio por causa das moedas de ouro.

— Vou cobrar apenas o corte. Duas moedas de ouro bastam.

Emma colocou o suplemento nutricional de volta na caixa, amarrou-a com uma fita e entregou para ela. E, é claro, não se esqueceu da esfera.

A esfera que brilhava em tom verde era tão linda que ela poderia muito bem ganhar bastante dinheiro só de levá-la e vendê-la. Serin segurou a caixa e a esfera com as duas mãos e desceu ao primeiro andar acompanhada de Emma.

No primeiro andar, cansado de esperar, Issha tinha caído no sono numa cadeira acolchoada. Acordou ao som dos passos de Emma e Serin e as recebeu com um grande bocejo.

— Posso fazer uma pausa no primeiro andar? — perguntou Serin, apontando para uma cadeira desocupada.

— Mas é claro. — concordou Emma prontamente. — Ainda vai demorar muito até a loja fechar. Então, pode ficar à vontade. Ah, sim. O suplemento nutricional é muito escorregadio. Tome cuidado quando for usar.

Quando Emma caiu mais uma vez e desapareceu na direção do segundo andar, Serin deu uma olhada mais de perto na esfera. No interior, pequenas partículas de luz giravam lentamente, como se contivessem a Via Láctea no céu noturno.
Será que tem mesmo o que eu quero aqui dentro?
Serin colocou a esfera na boca de Issha, como aprendera com Durov. Ficou preocupada que sua mandíbula pudesse doer, mas Issha ajustou o tamanho do corpo por conta própria.
Cheia de expectativa e empolgação, Serin entoou o feitiço.
— *Dru Ep Zula.*
Assim como a cor da esfera, os olhos de Issha ficaram verdes e uma luz se espalhou em todas as direções.
Depois de um tempo, uma visão se desenrolou como se fosse um sonho.

Um lindo campus que Serin tinha apenas imaginado se descortinou diante de seus olhos.
A área ao redor era um gramado verdejante com edifícios de estilo gótico onde os vestígios do tempo erguiam-se majestosamente, em harmonia com as árvores. Pôde notar também as flores entre os arbustos na altura dos joelhos.
— Isso é real?
Quando ela virou a cabeça ao ouvir um barulho alto, viu rapazes e moças sentados não muito longe dela, em grupos de dois ou três, conversando. Eles estavam tão felizes que batiam nos ombros uns dos outros com sorrisos no rosto. Ela pensou que devia estar invisível, pois ninguém pareceu notar a presença solitária de uma adolescente ali.

— Sim, eu o vi deitado sozinho no gramado quando estava vindo para cá de manhã — contou, emocionado, um homem de cabelo curto penteado para trás. Ele falava sobre a festa dos novos alunos e contou como um professor novato se perdeu no campus, tendo que cancelar a aula.

A conversa era alta o suficiente para ser ouvida, mas não o bastante para ser entendida completamente.

— Olha a hora! Preciso ir para a aula — disse uma das estudantes, limpando a poeira do corpo enquanto Serin se aproximava furtivamente para ouvir melhor.

Os outros também pegaram suas coisas e se levantaram, falando sobre reuniões de trabalhos em grupo e encontros. Serin ficou ali parada, observando com um olhar ansioso enquanto os estudantes se afastavam.

Tlim, tlim.

Além deles, pôde ver alguém passar de bicicleta, se esforçando muito. Embora parecesse ser primavera, o homem ainda usava uma parca forrada com penas de pato e óculos grossos de armação tartaruga.

Embora Serin não pretendesse, de repente sentiu que estava seguindo o homem. Quando olhou para baixo, não conseguia ver onde estavam seus pés, e eles se moviam como se estivessem deslizando. Ela se sentiu como se fosse um fantasma.

O homem subiu uma pequena colina e entrou num prédio que parecia ser um alojamento. Ele estacionou a bicicleta às pressas, quase a abandonando, e apertou várias vezes o botão do elevador, que ainda tinha um longo caminho a percorrer antes de chegar. A julgar pelo fato de ele olhar constantemente para o relógio, parecia ter um compromisso importante ou ter esquecido algo que não deveria.

— *Arf...*

No elevador, o homem respirou fundo e tentou se acalmar. Mas isso pareceu não ajudar em nada, pois seu rosto tenso não relaxou nem um pouco.

Assim que a porta do elevador se abriu, o homem correu para o quarto. Rapidamente, tirou os sapatos e abriu o laptop que estava sobre a mesa.

Serin levou um momento observando o dormitório. Estava mobiliado apenas com uma pequena cama, uma escrivaninha e uma estante improvisada cheia de livros didáticos, além de livros sobre como escrever currículos atraentes e impressionar em entrevistas.

Assim que o laptop foi ligado, o homem começou a digitar freneticamente, como se não houvesse amanhã.

— Por favor...

Momentos depois, sua mão parou e seus ombros caíram. O ambiente ficou tão pesado e silencioso que Serin quase pensou que o tempo havia parado.

O homem soltou um suspiro frustrado, com os olhos fixos na tela. Uma mensagem de e-mail estava aberta: "Lamentamos informar que você não foi aprovado na etapa final das entrevistas. Agradecemos sua participação."

A mensagem seguia depois dessas palavras, explicando como fora uma decisão difícil, que o recrutador sentia muito por recusar um candidato tão talentoso e que esperavam que ele se candidatasse novamente em uma próxima oportunidade. Mas os olhos do homem estavam fixos apenas nas primeiras linhas do e-mail.

De repente, o celular dele vibrou alto. O homem o pegou, atordoado, e viu um grupo de mensagens cheio de boas notícias e felicitações para todos, menos para ele.

Não suportou ler mais nada. Jogou o aparelho na escrivaninha e se enterrou na cama.

O telefone continuou tocando, mas ele se encolheu sob os cobertores e se recusou a se levantar.

● ● ●

Serin acordou abruptamente. Não sabia quanto tempo tinha passado. Olhou para o relógio e viu que a água havia diminuído um pouco, mas não parecia ter passado muito tempo.

Tocou o próprio rosto e olhou para as pernas como se, de repente, se lembrasse de algo. Felizmente, ambas as pernas estavam bem.

Issha pulou em cima dos joelhos dela e a olhou preocupado.

— Está tudo bem, Issha.

Serin acariciou suavemente a cabeça do gato, que deixou a esfera que segurava na boca cair de leve na palma da mão dela.

Então, as cenas anteriores lhe vieram à mente de forma vívida.

Com certeza, era o tipo de universidade onde Serin queria entrar, mas ela não queria estar na mesma situação que o homem.

Só então entendeu por que Durov disse que ela teve muita sorte de ter um bilhete dourado. Pensou que, se tivesse resolvido ficar com a esfera sem olhar com antecedência, como fez agora, definitivamente teria se arrependido.

Serin soltou um grande suspiro de alívio.

Pensando bem, mesmo que ela se formasse em uma boa universidade, ainda havia o problema de encontrar um emprego.

Pensando mais a longo prazo, seria melhor ter um bom emprego. Ir para uma universidade de prestígio não garante necessariamente um bom emprego, certo?

Serin assentiu para si mesma e chamou Issha novamente.

— Issha, eu quero outra esfera. Posso te falar agora?

O gato, que estava deitado com os olhos semicerrados, acordou sob o toque carinhoso de Serin. As orelhas em pé pareciam um sinal de que não havia problema em falar naquele momento. A jovem abriu bem a boca e falou pausadamente, para que Issha pudesse entendê-la com clareza.

— Mais tarde, quando eu me formar na faculdade, faça com que eu consiga trabalho em uma empresa famosa. Um lugar que todos invejariam.

Talvez porque a pronúncia dela fosse muito boa, Issha entendeu de imediato e pulou no chão. Serin abriu rapidamente a porta de vidro para evitar que o animal batesse nela.

Quando o sininho pendurado na porta tocou, Emma desceu as escadas como se fosse cair.

— Ora, já vai?

Emma acenou com muita ênfase, dizendo adeus a ela. Serin também abaixou a cabeça, agradecendo educadamente. E correu para fora para seguir Issha, que já estava muito à frente.

Pouco antes de a porta se fechar, outro estrondo ecoou de dentro do salão. Mais um tombo de Emma.

EPISÓDIO 10:
A LIVRARIA DE MATA

Issha, que já corria há algum tempo, parou de repente no meio da estrada. Serin, que seguia logo atrás, quase caiu para a frente para não pisar nele.

Tlim.

As moedas de ouro caíram do bolso e rolaram em todas as direções.

— Como é que você para assim, de repente?

Serin não queria perder nenhuma moeda sequer. Então, ela olhou para o chão rapidamente. Algumas delas acabaram debaixo do traseiro de Issha.

— Issha, levanta a bunda.

No entanto, o gato não se movia, como se estivesse colado ao chão. Parecia hipnotizado. Serin virou a cabeça para ver o que Issha tanto olhava.

Em frente, havia uma antiga petiscaria construída numa carroça adaptada. Os pneus estavam todos furados e o exterior estava tão enferrujado que era difícil reconhecer a cor original. Parecia mais uma sucata. A carroça estava cheia de petiscos que provavelmente não passariam numa inspeção sanitária..

O que Issha olhava com tanta atenção não era outra coisa senão um camarão frito do tamanho de um antebraço.

— O que é?

Talvez sentindo uma movimentação, um goblin com costeletas até a ponta do queixo apareceu entre os cachorros-quentes.

Serin ficou tão surpresa que foi incapaz de responder e apenas mexeu a boca.

O goblin apontou acima de sua cabeça com uma unha coberta de sujeira.

— Teto?

O teto tinha tantos buracos que não conseguia bloquear a luz do sol. Se chovesse, era óbvio que toda a água da chuva passaria. O olhar de Serin permaneceu na tenda esfarrapada por um momento.

— Não é isso!

O lugar para o qual o goblin apontou gritando estava logo abaixo do telhado. Havia um cardápio feito de papel, um pedaço de uma caixa rasgado de qualquer jeito, pendurado em um cabide. Ele olhou para Serin com olhos tão assustadores que ela pensou que se não fizesse o pedido imediatamente, a usaria como ingrediente do cardápio.

Serin ficou assustada só de fazer contato visual e logo tirou uma moeda de ouro do bolso. Então, apontou para o camarão frito e a salsicha com menos moscas em cima.

— Q... Quero esses...

O goblin quase arrancou a moeda das mãos dela. Depois, pegou o camarão frito mais a salsicha com as mãos sem luvas e os entregou.

Serin tomou o máximo de cuidado possível para evitar encostar na mão do goblin e aceitou a comida. Havia algumas coisas que pareciam asas de mosca presas na salsicha, mas ela tentou com todas as forças não fazer cara feia. Por sorte, até um sorriso conseguiu forçar.

Quando o goblin olhou para ela querendo saber se precisava de mais alguma coisa, Serin logo agradeceu, se despediu e saiu do local.

— Você é mesmo um esfomeado, não é, Issha? — disse. — Mesmo depois de tudo o que comeu no café da manhã!.

A julgar pelo fato de Issha sair junto com ela de forma bastante obediente, com o camarão frito na boca, aquele não era o destino pretendido desde o começo. Serin fingiu comer a salsicha, mas quando o goblin desapareceu entre os cachorros-quentes, ela rapidamente a deu para Issha, que já estava apenas com o rabo do camarão frito para fora da boca. O gato ficou do tamanho de um cachorro grande e engoliu a salsicha de uma só vez, sem sequer mastigá-la.

Serin limpou a baba de Issha de suas mãos e esperou que ele a guiasse ao seu destino de novo. Por sorte, a espera não foi longa. Quando mudou de tamanho, ele aumentou a velocidade e correu.

O lugar onde Issha parou era um prédio tão antigo quanto a carroça de comida. As janelas quebradas pareciam abandonadas, fazendo Serin indagar se alguém morava ali, e havia rachaduras por todas as paredes. Estava, inclusive, um tanto inclinado, e afastava qualquer vontade de entrar. Mas como Issha estava puxando suas roupas, Serin não teve escolha a não ser ir até a entrada.

Creeec.

A porta, que estava com as dobradiças bastante enferrujadas, abriu-se para dentro com um rangido alto.

O interior do corredor não era muito diferente do exterior. A pintura da parede estava toda descascada e a estrutura de aço ficaria exposta logo, e a maioria dos ladrilhos do chão estava quebrada. Era difícil encontrar um que estivesse inteiro.

Até mesmo a casa decadente que era a entrada da loja dos goblins parecia habitável em comparação..

No entanto, uma luz brilhante vinha de dentro do corredor. Serin a seguiu e caminhou até o final do corredor escuro.

— Tem alguém aí?

Quando espiou pela porta escancarada, para sua surpresa, viu um espaço cheio de livros por toda parte. Havia inúmeros livros em cada uma das longas estantes, que eram difíceis de contar, e havia o mesmo tanto de livros espalhados pelo chão. Era um lugar estranho que parecia uma biblioteca e um armazém ao mesmo tempo.

Teias de aranha pendiam do teto como novelos de lã, e as estantes e o chão estavam tão cobertos de poeira que quase não dava para ler os títulos dos livros.

Por que será que está tão bagunçado?

O único lugar que estava limpo era uma mesa em um canto, com uma lâmpada brilhante. Sobre ela, com uma pilha de livros mais alta do que a própria mesa, havia um goblin com a cabeça enterrada nos livros. O goblin estava usando um fone de ouvido que parecia um protetor auditivo e cantarolava algo que Serin não sabia dizer se era a letra de uma música ou não.

Serin seguiu dando passos com a ponta dos pés em direção à mesa, tomando cuidado para não pisar nos livros caídos no chão. Issha se transformou novamente em gatinho e a seguiu, pisando no mesmo lugar que Serin.

— Com licença?

Apesar de Serin ter se aproximado bem à frente da mesa, o goblin não percebeu sua chegada. Em vez disso, pareceu mais animado e levantou a voz para cantar alto. No entanto, o canto não estava nada bom e parecia mais com uma gritaria. Serin estava começando a desistir de tentar adivinhar o gênero da canção quando o goblin finalmente levantou a cabeça.

Porém, talvez tenha sido apenas para endireitar os ombros, e quando fez contato visual com Serin, ficou tão assustado que caiu para trás na cadeira. Ele se escondeu debaixo da mesa e gritou, com metade da cabeça para fora.

— Quem é você?!

Serin respondeu com cautela, refletindo se havia feito algo ameaçador.

— Eu vim comprar a esfera.

O goblin ergueu um pouco mais o rosto. Suas feições muito jovens pareciam as de alguém no ensino fundamental. Um chifre tão pequeno que mal se notava subia do topo de sua cabeça, e seu rosto ainda sem barba era cheio de sardas.

Ele levantou-se lentamente depois de avaliar Serin várias vezes.

— Você quer me comprar comida?

— Como? — perguntou Serin de volta, querendo saber o que aquilo significava.

O pequeno goblin revirou os olhos e cruzou os braços.

— Eu odeio feijão. Então, exceto qualquer coisa que contenha feijão... Ah, sim. Berinjelas e cogumelos também não. Porque são moles demais. Cenouras também não, porque são muito duras... Você não é uma bárbara que come carne suína ou bovina, certo?

Serin se perguntou que tipo de comida aquele goblin poderia comer, mas o interrompeu rapidamente, antes que a situação piorasse mais.

— Não, não vim comprar comida para você.

O goblin tranquilizou Serin com um olhar que lhe dizia para não se preocupar.

— Está tudo bem, a sobremesa será por minha conta. Goblins nunca comem de graça.

Ele pegou um casaco marrom xadrez que estava pendurado no cabide, como se estivesse saindo naquele momento, e vestiu um braço. Era tão comprido que iria arrastar no chão quando o vestisse, e foi justo o que aconteceu quando o abotoou.

Nesse momento Serin entendeu por que não havia poeira apenas perto da mesa.

Ela sentiu-se perplexa e frustrada ao mesmo tempo e hesitou por um momento sobre o que fazer. Enquanto ponderava, um pequeno bloco de notas sobre a mesa chamou sua atenção. Por coincidência, havia uma caneta bico de pena e um frasco de tinta preta ao lado.

Sem pedir permissão, Serin rapidamente mergulhou a caneta na tinta e rabiscou uma nota.

Eu vim aqui para pegar a esfera.

O pequeno goblin, que tinha colocado sua touca de lã e estava prestes a sair, parou. Felizmente, parecia ter entendido a nota escrita às pressas por Serin e voltou à sua posição anterior. Ele abriu o armário e tirou uma esfera roxa brilhante.

— Por que não disse isso antes?

O goblin pendurou a touca no cabide e tirou o casaco.

— Esta é a esfera que tenho. Mas, antes disso, me faça um favor.

Serin não se preocupou em dar alguma desculpa para o mal-entendido. Em vez disso, decidiu perguntar qual era o favor. Só por precaução, usou o bloco de notas outra vez.

Que favor?

Para falar com seriedade, o goblin se endireitou na cadeira e tirou o fone de ouvido que estava em volta do pescoço. Ao pousá-lo na mesa, uma música soou do fone, alta o suficiente até mesmo para Serin escutar.
Ele estava ouvindo num volume tão alto assim?
Serin pôde facilmente adivinhar por que o goblin tinha problemas de audição. Enquanto isso, ele pigarreou várias vezes.
— Meu nome é Mata. Só Mata.
A expressão no rosto do goblin enquanto falava parecia um tanto sombria.
— Sempre que um goblin conhece um humano, deve logo dizer o que rouba de seus corações. Mas eu não roubo nada. Nunca roubei de verdade em toda a minha vida. É, eu sei. Devo parecer um goblin patético, não?
A voz de Mata estava um pouco trêmula, e seus olhos, cheios de lágrimas.
— Depois de pensar muito sobre isso, contei ao meu pai e ele disse que, quando se tem mais de cem anos, deve-se cuidar de seus próprios assuntos. Tenho apenas 102 anos.
Mata pegou um lenço de papel e assoou o nariz.
— O que será que eu deveria roubar, afinal? Embora eu tenha lido livros aqui por anos, ainda não sei. Queria roubar coisas que outros goblins não roubam e que ajudem os humanos.
O goblin olhou para Serin com olhos cheios de expectativa. Serin queria ajudar de alguma forma, então mergulhou a ponta da caneta no tinteiro e tirou-a, mas não conseguiu escrever nada. Mata suspirou pesadamente.
— Sabe aquelas pessoas que alcançam seus sonhos mesmo diante das maiores adversidades? Na verdade, é porque meu pai

roubou delas a vontade de desistir. Meu pai ganhou o prêmio de Goblin do Ano sete vezes fazendo isso. Enquanto eu continuo assim, sem rumo.

Mata levantou as pernas na cadeira e juntou os joelhos. Seu corpo já pequeno pareceu ainda menor.

— Na verdade, não é que eu não tenha tentado. Já tentei roubar das pessoas uma coisa chamada consideração, mas elas apenas atravessavam fora da faixa de pedestres ou falavam alto no metrô, e isso não mudou os humanos tanto quanto eu queria. Assim como meu pai, quero roubar algo legal o suficiente para ganhar o prêmio de Goblin do Ano.

Mata cerrou os punhos pequenos.

— Você sabe mais coisas do que eu porque é humana. Por favor, me ajude.

Serin não teve coragem de dizer ao goblin suplicante que não sabia o que responder. Além disso, não parecia haver outra opção para pegar a esfera.

Podemos procurar juntos nos livros?

Serin disse primeiro, para ganhar tempo e pensar. Mata se levantou da cadeira e pulou de alegria, como se já tivesse obtido a resposta. Enquanto Serin tentava desaparecer entre as estantes, Mata a chamou e a parou.

— A propósito, quem é ele? — Mata apontou o dedo para Issha, que seguia atrás de Serin. — Ele é seu amigo?

Com olhos curiosos, Mata subiu na mesa e olhou para o gatinho. Issha estava esfregando o corpo na perna de Serin.

— Olha só, ele está tentando continuar com você. No livro, diz que amigo é alguém que está sempre com a gente, nos bons e maus momentos. Sendo assim, ele é seu amigo?

Serin não soube como explicar e ficou apenas brincando com os lábios. Então, anotou seus pensamentos no bloco de notas.

Issha está me ajudando a encontrar as esferas. Não faz muito tempo que nos conhecemos, mas digamos que estamos nos aproximando.

Serin estava confortável conversando com Mata porque sentia familiaridade com ele, por algum motivo. Presumiu que fosse um sentimento recíproco.

— Entendi. Na verdade eu tinha um amigo não faz muito tempo, mas não tenho nenhum agora.

De repente, Mata fez cara de quem estava prestes a chorar.

— Por quê? Vocês brigaram?

Depois de dizer aquelas palavras sem muita consideração, Serin achou que tinha cometido um deslize. Mas, por alguma razão, Mata entendeu o que ela quis dizer e respondeu.

— Não brigamos, mas um dia ele ficou com raiva de mim de repente e desapareceu. Haku e eu éramos amigos desde a época da escola dos goblins. — O rosto de Mata ficou triste de repente. — Acho que se decepcionou comigo por alguma coisa. Tudo o que eu fiz foi tirar o lixo...

Mata pegou um monte de lenços de papel, colocou-os sobre os olhos avermelhados e começou a chorar. Serin não sabia se deveria confortá-lo ou evitá-lo em uma situação tão repentina. Ele chorava com tanto desespero que parecia difícil até mesmo trocar algumas palavras.

E agora...?

Em vez de só ficar parada pensando, a melhor opção parecia deixá-lo se recompor e trazer o livro que procurava. O choro de Mata ficava cada vez mais alto.

Serin dirigiu-se em silêncio até a estante. Mas logo percebeu que estava muito enganada. O livro que Serin retirou estava numa língua que ela não conseguia entender.

Serin pensou em desistir e voltar, mas decidiu dar uma olhada mais de perto, por precaução. Ao tirar o máximo de livros empoeirados que pôde, suas mãos rapidamente ficaram pretas.

Tem realmente muitos livros.

A estante, que só era acessível subindo uma escada, estava repleta de livros desorganizados. Alguns estavam dispostos precariamente nas prateleiras, como se alguém os tivesse tirado pela metade, e um deles, bem acima da cabeça de Serin, estava exatamente assim.

O livro era especialmente grande e volumoso comparado aos outros. Seria difícil pegá-lo sozinha. Colocado na prateleira de cima da estante de qualquer jeito, acabou caindo devido ao leve tremor criado por Serin.

Tum!

Como a lombada do livro bateu na cabeça de Serin antes de cair, ela imediatamente perdeu o equilíbrio e foi direto para o chão.

— Ai!

Por sorte, Serin não se machucou muito, exceto por um pequeno arranhão no cotovelo, graças a Issha, que pulou e empurrou a jovem pouco antes de o livro atingi-la. O gato, que havia mudado para o tamanho de um javali, se aproximou e lambeu o rosto de Serin.

Serin suprimiu a surpresa ao ver que um livro do tamanho de uma mesa havia caído onde ela estava ainda há pouco. Ela abraçou o pescoço de Issha com força.

— Obrigada, Issha.

— O que aconteceu?

Mata veio correndo apressado, calçando apenas um chinelo.

— Sinto muito, acho que deixei cair o livro sem querer.

— Como é que é?! — Mata se aproximou dela com o rosto vermelho. — Você disse que encontrou o livro que eu queria?

— Não, não é isso...

Serin tentou se explicar, mas já sabia que era inútil. Mata olhou para a capa do livro e depois para a parte em que abrira após cair.

— Este... é um livro chamado *O mistério da vida marinha*.

Mata leu com fluência o texto que parecia uma mistura de diversas formas distorcidas aos olhos de Serin.

— Criaturas chamadas ostras-gigantes, que vivem no mar, envolvem pequenos objetos estranhos que os feriram durante um longo período para criar lindas joias chamadas pérolas... Elas pesam duzentos quilos e crescem até mais ou menos um metro de comprimento...

Por um momento, sua voz parou, como se alguém tivesse tapado sua boca.

— É isso!

Mata gritou de repente e começou a correr. Vários outros livros caíram por causa da agitação. Sem nem perceber que o seu chinelo restante havia caído, Mata gritou vivas de empolgação. E Serin tossiu seco, balançando as mãos no ar enquanto a poeira subia. Mata só cessou o frenesi ao pisar em uma pilha de livros no canto de uma estante, escorregar, cair de cabeça e ficar soterrado.

Não se sabia do porquê de tanto contentamento. Mesmo com seu cabelo todo bagunçado e sangrando por uma das narinas, Mata estava rindo muito.

— Acho que vou roubar o ressentimento das pessoas quando vivenciam uma dor indesejada. Assim, vou poder ajudá-las a criar lindas joias em tempos difíceis.

Mata caminhou até Serin, segurou a mão dela e agradeceu várias vezes. Serin não conseguia entender por que ele estava grato e apenas sorriu timidamente.

— Agora, vou te entregar a esfera.

Mata carregou na cabeça um livro maior que seu corpo e se levantou. Serin reparou que, apesar de Mata ser bem baixinho, seus braços e pernas eram bem grossos em relação ao corpo.

— A gente tem que ter cuidado com os livros daqui. Certa vez, fui atropelado por um livro que caiu de uma estante e fiquei inconsciente por dois dias, sabia?

Mata deu o aviso tardio e se dirigiu à mesa onde estava antes. Mas logo parou e inclinou a cabeça.

— Ué, que estranho.

Serin olhou por cima da cabeça dele para ver o que estava acontecendo. Mata procurava por algo enquanto olhava para os livros bagunçados no chão. Ele manteve o livro na cabeça apenas com a força de uma das mãos e coçou o queixo com a outra. Como Mata estava com uma expressão séria no rosto, Serin não conseguiu conter a curiosidade e pegou o bloco de notas.

Qual é o problema?

Mata olhou de soslaio para a nota e abriu a boca, com expressão ainda severa.

— Pode parecer que os livros estão de qualquer jeito por toda parte neste lugar, mas eu sei o lugar de todos de cor.

Mata lhe disse para olhar mais de perto e apontou para baixo dos seus pés. Na direção para a qual ele apontava, havia uma marca retangular com muito menos poeira do que em outros lugares. Era do tamanho exato de um livro.

— Se me lembro bem, este é definitivamente o lugar onde o livro *Canção da esfera de arco-íris* ficava.

Quando Serin tentou escrever algo no bloco de notas outra vez, Mata continuou a explicar gentilmente, como se tivesse lido seus pensamentos.

— A esfera de arco-íris é uma esfera lendária. Diz-se que qualquer pessoa que a tenha pode conseguir tudo o que desejar. Dizem que está em algum lugar da loja, mas pouquíssimas pessoas a viram. É possível que apenas o goblin-chefe ou outros muito velhos a tenham visto pessoalmente. O livro contém uma música e partituras elogiando a esfera de arco-íris, mas com certeza foi feito de qualquer jeito porque quando eu a cantei uma vez, todo mundo tapou os ouvidos e fugiu.

Serin pensou que não era necessariamente culpa da música, mas achou melhor não dizer isso a ele. Mata continuou a explicar o quão incrível era a esfera de arco-íris, mesmo enquanto Serin se distraiu por um momento.

— Ao contrário das esferas do goblin, que apenas os humanos podem usar, a esfera de arco-íris pode ser usada por qualquer um. Além disso, é muito bonita. Só de olhar a letra você nota o quão maravilhosa é. É assim que se canta…

Antes que Mata começasse a cantar, Serin escreveu rapidamente no bloco de notas com a caneta.

Será que não foi algum ladrão?

A expressão de Mata distorceu-se de uma forma estranha.
— Também ouvi dizer que muitos roubos têm acontecido por esses dias. Mas os goblins raramente leem livros. Na verdade, nunca vi um único goblin que tenha comprado um livro. Se aconteceu mesmo um roubo, por que de um livro? Existem coisas muito mais caras e melhores do que isso.

Serin concordou com o raciocínio. Se ela fosse uma ladra, provavelmente teria como alvo bancos ou lojas de ouro e prata. Por mais frouxa que fosse a segurança dali, ela não iria querer levar um livro empoeirado. Enquanto Serin se imaginava usando máscara e roubando coisas, ela percebeu algo brilhando entre os pés descalços de Mata e um livro.

O que é isso?

À primeira vista, o que ela pegou parecia uma moeda de ouro, mas olhando mais de perto, descobriu que era uma joia com um padrão elaborado. Não sabia para que servia, mas não era um item que se encontraria em uma biblioteca. Serin mostrou para Mata junto com uma nota.

Sabe o que é isso?

Mata foi até um lugar um pouco mais iluminado e olhou atentamente.
— Parece um item bem caro. Não sei ao certo, mas acho que é usado principalmente por mulheres na hora de se vestirem. Colares, broches, coisas assim.

O olhar de Mata pousou por um momento na marca retangular onde estava o livro.
— Se não é seu, provavelmente alguém que esteve aqui deixou cair. Talvez a pessoa que pegou o livro.

A joia do tamanho de uma peça de dama brilhava excepcionalmente, como se emitisse luz própria. De repente, Serin se lembrou da anfitriã da loja de penhores no porão. Pensando nas joias que ela usava por todo o corpo, não seria perceptível se uma ou duas tivessem caído ali.

— Vou ficar com isto. Alguém pode vir procurá-la ou pode se tornar uma das provas em uma investigação de roubo. — Mata soprou a poeira da joia e enfiou-a bem fundo no bolso interno. — Ok, agora vou realmente te entregar a esfera.

Mata pegou Serin pela mão e correu em direção à mesa. Assim que chegaram, sem nem dar tempo de recuperar o fôlego, ele entregou a Serin a esfera que já estava preparada.

— Eu queria entregar de graça para você, mas, pelas regras, é preciso que compre um livro daqui.

Então, ele entregou o grande livro que carregava na cabeça. Serin não tinha intenção de ignorar sua bondade, mas não era de um tamanho que ela pudesse levar consigo. Serin hesitou e não aceitou prontamente.

— É porque o livro é muito grande?

Quando Serin assentiu com uma expressão envergonhada, Mata deu um tapa na própria cabeça.

— Eu nem tinha pensado nisso do ponto de vista humano.

Mata deu mais alguns soquinhos na cabeça, como se estivesse se punindo, e depois tirou algo de uma gaveta da mesa.

— Não se preocupe. Você pode simplesmente colocá-lo em uma bolsa de goblin.

Mata então mostrou uma bolsa de couro do tamanho da palma da mão, menor que uma sacola plástica. Ele foi demonstrando devagar enquanto segurava o livro na outra mão.

— Se você abrir a bolsa de goblin assim e trouxer qualquer coisa para perto dela…

Apesar de não caber nem uma aresta do livro na bolsa, quando Mata o encostou nela, ele foi sugado com força para dentro dela, como se fosse a boca de um aspirador de pó.

— O preço é de apenas três moedas de ouro. Normalmente, eu deveria cobrar sete pela bolsa, mas como você me ajudou, darei um bom desconto. Espero que você goste da esfera.

Mata pegou outra bolsa de goblin e colocou o livro e a esfera em cada uma. Ainda bem; assim seria mais fácil encontrar as coisas depois. Serin se perguntou se era certo ganhar um presente tão bonito sem ter feito nada.

Mata vestiu novamente o casaco, colocou um chapéu de pele e acompanhou Serin para fora do prédio. Ele se ofereceu para levá-la para fora da loja dos dias de chuva, mas Serin o dissuadiu mostrando o bilhete dourado.

Serin fez gestos com as mãos e os pés para comunicar que ficaria ali até encontrar uma esfera de que gostasse. Mata ficou um pouco decepcionado, mas a animou, dizendo que talvez ela conseguisse encontrar a esfera de arco-íris.

Depois de Mata olhar várias vezes para trás e entrar na livraria, Serin foi procurar um lugar ali perto para analisar a esfera.

Além do edifício perigoso que parecia prestes a desabar a qualquer momento, as figuras de Serin e Issha foram ficando cada vez mais distantes.

Até então, Serin jamais poderia imaginar que o roubo ocorrido ali pudesse estar relacionado a ela.

E também não percebeu que durante todo o tempo que esteve na livraria, uma grande aranha a observava, escondida num canto escuro do teto.

EPISÓDIO 11:
A PERFUMARIA DE NICOLE

Um sedã vermelho deslizou e dobrou a esquina com tranquilidade, parando em um estacionamento cheio demais para o início da manhã.

Uma mulher na casa dos trinta saiu do carro com uma atitude confiante, os saltos estalando a cada passo. Vestindo uma blusa passada com esmero e usando um crachá pendurado no pescoço, ela era o retrato de uma mulher bem-sucedida e determinada.

Com uma bolsa de couro de crocodilo a tiracolo, a mulher dirigiu-se a um edifício conectado ao estacionamento. Ao que parecia, o escritório dela ficava no prédio mais alto da cidade agitada. A construção era toda revestida de janelas espelhadas e brilhava como um diamante à luz do sol. Quando passou pelas grandes portas giratórias, um amplo saguão surgiu.

Então, ela caminhou até uma área com catracas que pareciam as de uma estação de metrô e encostou seu crachá no leitor com familiaridade. As catracas se abriram com um som mecânico e Serin rapidamente a seguiu.

O elevador as levou até um andar com uma sala que tinha uma placa na porta dizendo "Escritório de Desenvolvimento Estratégico."

— Bom dia — disse a mulher.

Um homem cansado levantou o olhar, segurando uma xícara de café e exibindo um sorriso irônico.

— Bom dia, chefe. Chegou bem em casa ontem à noite?

— Ah, por favor — suspirou a mulher. E, num tom de brincadeira, acrescentou: — Estou chegando tão tarde ultimamente que as crianças mal lembram quem eu sou.

Após as gentilezas, o homem e a mulher foram para seus lugares e começaram o trabalho do dia. Enquanto isso, outros homens e mulheres com roupas semelhantes também chegaram, ocupando todos as baias no grande escritório. Logo, o ambiente estava repleto de conversas e sons de passos.

— Não, isso não vai funcionar.

Embora a mulher tivesse chegado antes de todos para se preparar para a reunião que se aproximava, algo não estava indo bem. Escrevia documentos e logo os deletava e então começava tudo outra vez.

Durante a manhã, um homem de expressão séria, que devia ser seu gerente, a chamou várias vezes para repreendê-la. O penteado perfeito que havia feito naquela manhã já estava se desfazendo.

Serin olhou ao redor para as outras pessoas. Todos pareciam igualmente ocupados, falando ao telefone ou encarando seus monitores e arquivos com expressão severa.

— Isso é inútil. Preciso comer algo.

Na hora do almoço, a mulher foi a um restaurante local com uma colega mais jovem. O restaurante parecia caro, mas a mulher devia ser cliente habitual, pois nem olhou o cardápio antes de fazer o pedido.

Enquanto aguardavam a comida, as mulheres reclamaram de seus chefes, fofocaram sobre encontros às cegas e falaram mal de uma ex-colega que havia saído da empresa um ano antes.

— Você ouviu falar da Mingyeong?

— O que aconteceu com ela?

— Lembra que ela disse que ia abrir um restaurante quando saiu? Pelo visto está indo muito bem. Tem sido frequentado até por celebridades.

A mulher na esfera dos goblins pegou um dos últimos pedaços de sushi com os hashis.

— Talvez eu devesse largar esse trabalho idiota e abrir meu próprio restaurante.

— Mas você nem sabe cozinhar.

— Quem liga? Eu não vou ser a cozinheira. O importante é encontrar o lugar certo e contratar garçons bonitinhos para atender as mesas. Depois, posso relaxar e aproveitar minha nova vida como empreendedora. — A mulher suspirou, contente, e depois fez uma careta. — Devia ter guardado algum dinheiro. Por que fui mexer com o mercado de ações?... Você tem alguma reserva?

A colega engasgou com o arroz.

— Eu... Eu fico quase sem dinheiro depois de pagar todos os meus empréstimos — respondeu, em pânico.

— É, estamos ferradas. Ouvi dizer que ela ganha mais em um mês do que nossos salários anuais juntos. Fico me perguntando quanto tempo ainda terei que trabalhar aqui feito uma escrava? — indagou a mulher, tirando um espelho compacto para retocar a maquiagem.

— Nossa, minha pele está destruída. Tem sempre um jantar de negócios e horas extras no escritório. De que adianta ganhar esse dinheiro todo se gasto tudo em contas de hospital por causa dos danos que o trabalho me causa?

Quando estavam terminando de comer, as mulheres pegaram palitos de dente.

— Provavelmente vou fazer hora extra hoje.

— Eu também.

As duas suspiraram alto, pagaram a conta e saíram do restaurante.

O céu ainda estava azul e tão claro que parecia transparente. O sol brilhava, mas não estava particularmente calor.

O vento que soprava de vez em quando através das árvores e da grama causava a sensação de frescor só de olhar. Ao mesmo tempo, folhas do tamanho de uma palma se esfregavam umas nas outras, emitindo um som agradável. O cenário era tão tranquilo que uma pessoa poderia facilmente adormecer se fechasse os olhos.

— Miaaaaau.

Em um banco à sombra de uma árvore, um gato, que há pouco segurava uma esfera na boca, se preparava para tirar uma soneca depois de terminar seu trabalho. Ao lado dele, Serin estava sentada em uma posição confortável, olhando para a esfera roxa.

No entanto, sua expressão não parecia muito otimista. O vento bagunçou o cabelo curto de Serin, mas ela não se moveu. Depois de um tempo, levantou a cabeça com uma expressão determinada no rosto. Como Issha estava olhando para ela também, seus olhos se encontraram.

— Issha, acho que preciso de uma esfera nova — disse ela por fim, tacirturna. A esfera roxa já não lhe parecia brilhar como antes. — Não acho que conseguiria trabalhar tanto assim. Acabaria pedindo demissão em poucos dias. — Tirou uma folha caída do cabelo e uma ideia surgiu em sua mente. — Já sei! — gritou ela. O gato levou um susto e deixou cair a folha que a adolescente havia jogado de lado. — Quero abrir meu próprio negócio.

Serin se imaginou parada em frente a uma janela bem iluminada, preparando café com elegância. Finalmente, seu rosto sombrio ficou um pouco mais radiante.

— Meu próprio negócio, Issha. É isso que quero que você procure para mim.

O animal miou com uma cara fofa, saiu do colo de Serin e pousou levemente na grama. O gato encostou o focinho no chão e cheirou, depois endireitou o rabo como uma antena e olhou em volta. Como se enfim tivesse se orientado, soltou um miado alto em direção a Serin e saiu correndo. Serin rapidamente colocou a esfera na bolsa e seguiu atrás.

— Para onde estamos indo, Issha?

O lugar onde chegaram, depois de ela comprar três donuts cobertos de chocolate para Issha, era um prédio tão estranho que a fez balançar a cabeça. O prédio encostado na floresta era incomum por causa de uma chaminé na lateral e janelas dispostas arbitrariamente, sem qualquer padrão. Tinha janelas até na extremidade do telhado ou no canto da parede.

O telhado era torto e inclinado; exatamente como ficaria se alguém decidisse construir uma casa enquanto construía um escorregador. As paredes externas do prédio eram uma confusão de cores, como se tivessem atirado nela uma bomba de tinta multicolorida.

Com certeza, quem construíra aquela casa ou gostava de coisas inusitadas, ou não tinha senso estético.

— *Acho* que esta é a porta…

Encontrar a entrada não foi tão difícil. No entanto, havia fechaduras trancadas de cima a baixo. Na melhor das hipóteses, pareciam ser vinte e, mesmo que ela tivesse a chave, daria muito trabalho para entrar.

Serin olhou para o prédio por um momento e se aproximou da grossa porta de ferro.

Bum!

Quando ela estava prestes a bater na porta, uma forte explosão veio de dentro do prédio. Serin gritou e recuou, e Issha também ficou tão surpreso que seu pelo se arrepiou.

A fumaça preta saiu por entre as janelas e portas. Enquanto Serin olhava fixamente para o prédio, a porta, que parecia que nunca se abriria, começou a fazer um barulho estridente. Era o som de uma fechadura sendo destrancada.

— *Cof, cof.*

Quando a imensa porta foi aberta, uma fumaça densa saiu. Ao mesmo tempo, uma goblin com muita fuligem no rosto tossiu e deu as caras. À primeira vista, ela parecia ter a mesma idade de Serin, com o cabelo bagunçado e óculos cheios de fuligem.

Ela encontrou Serin parada sem jeito na frente da porta e lhe lançou um olhar desagradável.

— Quem é você?

A voz estava cheia de cautela, como se Serin tivesse causado a explosão de agora há pouco.

Serin forçou um sorriso, esperando parecer o mais amigável possível.

— Vim comprar a esfera vendida aqui.

— Esfera?

Ela olhou como se fosse brigar com Serin, que, por sua vez, inconscientemente encolheu os ombros e assentiu.

— Onde está a prova?

— Como é? — Os olhos de Serin se arregalaram tanto que pareciam prestes a saltar a qualquer momento.

— Estou perguntando se você tem como provar que veio comprar a esfera, e não roubá-la.

Ela observou o rosto de Serin com atenção e olhou ao redor para ver se havia mais alguém por perto. Mas tudo que pôde ver foi um gato com a boca cheia de calda de chocolate.

— Estou ocupada demais para atender clientes. Tenho passado noites em claro para refazer os remédios roubados e nem isso tem adiantado. Não posso arriscar deixar uma pessoa suspeita como você entrar aqui. — disse ela bruscamente e tentou fechar a porta.

— Espere um minuto! — gritou Serin com urgência, tirando o bilhete dourado e uma esfera da bolsa de goblin. — Isso aqui serve?

A goblin tirou os óculos de proteção que usava, colocou-os na testa e olhou mais de perto para a esfera e o bilhete. Embora estivesse com o rosto sério, uma linha branca aparecia onde antes estavam os óculos, o que a fazia parecer cômica, como alguém bronzeado, exceto ao redor dos olhos. Ela cerrou um dos olhos como se estivesse piscando e ergueu a esfera contra a luz do sol.

— Venha comigo.

Felizmente, suas suspeitas pareciam ter sido resolvidas e ela jogou a esfera de volta, entrando no prédio. Serin se atrapalhou por um momento para pegá-la, mas conseguiu botar o pé no prédio antes que a porta se fechasse.

❖

O interior mostrava claramente que uma explosão havia acontecido momentos antes. As garrafas de vidro alinhadas ao longo da parede estavam cheias de rachaduras ou quebradas, e o cheiro acre ainda persistia.

Serin permaneceu incapaz de sair da entrada, ansiosa com o receio de haver outra explosão. A goblin, ao ver isso, gritou duramente.

— O que houve? Não disse que precisa de uma esfera? Escolha logo a que você quer e vá embora!

A goblin apontou para uma vitrine meio quebrada e tratou Serin como uma vendedora incômoda que tivesse batido à porta, expressando abertamente seu desejo de que ela partisse logo.

Serin tentou ignorar sua atitude hostil e olhou em volta com calma. Cada garrafa de vidro tinha um rótulo escrito em letras difíceis de ler. Elas variavam em tamanho, desde algo parecido com um frasco de esmalte até algo como um frasco de xampu, mas todas pareciam luxuosas. No chão relativamente limpo da vitrine havia pilhas desorganizadas de velas e garrafas plásticas.

Serin se abaixou e pegou a vela mais próxima. Era maior e mais grossa que uma vela normal e parecia capaz de ficar acesa o dia todo. A vela tinha uma ranhura suave na parte superior para evitar que a cera escorresse, e o pavio longo ficava para fora.

— Pelo jeito, você não é uma total idiota. — A goblin, que estava a cerca de dez passos de distância, falou de forma raivosa. — Essa vela perfumada foi feita roubando palavras de encorajamento dos humanos.

Serin virou a cabeça para olhar, mas a goblin nem olhou para ela, como se estivesse falando sozinha. Havia muitos objetos em sua mesa, como béqueres e frascos Erlenmeyer, o que fazia parecer que conduzia algum tipo de experimento desconhecido. Havia um leve cheiro de querosene vindo da lamparina acesa.

Serin nem se preocupou em responder, mas caminhou para o lado e pegou um longo recipiente de plástico. Como esperado, ela ouviu a voz zombeteira da goblin.

— Spray fedorento... Você encontrou algo que combina com você, hein? Foi coletado secretamente, esperando um humano dizer algo desrespeitoso. Pode ser útil para afugentar pessoas como você, que incomodam os outros.

De novo, ela murmurou sem olhar para Serin, absorta no experimento. Serin estava certa de que, se ela recolhesse as próprias palavras, seria capaz de produzir spray fedorento suficiente sem ter que roubar palavras humanas. A goblin fingia não ver, mas dava explicações toda vez que Serin tocava em algum objeto.

Serin fez beicinho e largou tudo, exceto a vela que escolhera primeiro. Porque não sabia se teria que pagar com todas as moedas de ouro que tinha caso escolhesse uma garrafa de vidro com uma decoração chique. Além do mais, se ficasse segurando o spray fedorento por mais tempo, era capaz de borrifá-lo na cara da goblin antes mesmo de fechar a conta.

Ok, vai ser isto.

Serin se aproximou da goblin, que olhava para a escala do frasco Erlenmeyer usando uma fina luva de látex. Serin queria sair com a esfera o mais rápido possível, mas a goblin estava tão concentrada que ela não conseguiu falar e resolveu esperar um pouco.

A goblin puxou um pote preto que estava junto à borda da mesa com todo cuidado, como se estivesse segurando um bebê recém-nascido. Quando ela acrescentou algumas gotas da solução transparente com um conta-gotas, o líquido no frasco começou a borbulhar e uma fumaça começou a subir. Não só a goblin, mas também Serin, que estava ao seu lado, engoliu em seco e olhou para o pote com uma expressão nervosa.

Tsss.

Um momento depois, junto com o som de uma chaleira fervendo, a explosão que Serin ouviu antes de entrar naquele lugar irrompeu novamente. Uma coluna de fogo subiu do pote. As chamas passaram direto pelo rosto da goblin, que olhava para dentro dele.

Fosse qual fosse o experimento conduzido, tinha dado errado.

Quando a chama diminuiu, o rosto da goblin, preto como briquete, foi revelado. Cada vez que ela soluçava, uma nuvem de fumaça saía de sua boca. Seu rosto ficou preto o suficiente para se tornar invisível à noite, mas, estranhamente, o cabelo permaneceu intacto.

— Ah, deu errado de novo!

Ela acrescentou mais algumas palavras irritadas e foi em direção a uma portinha na parede. A julgar pelo som de água, estava lavando o rosto no banheiro.

Serin estava morrendo de vontade de rir, mas segurou a risada cobrindo a boca com a mão. Volta e meia, dava para ouvir palavrões vindos do outro lado da parede.

A mesa que a goblin deixou estava repleta de utensílios que só poderiam ser vistos na aula de ciências. A coisa mais notável entre elas era o pote preto que tinha acabado de soltar fogo. Havia uma aura misteriosa nele, como se tivesse poderes mágicos.

Mas o que diabos é isso?

Serin não conseguiu segurar a curiosidade e olhou dentro do pote. Mas tudo o que pôde ver era uma escuridão tão preta quanto o rosto da goblin. Quando Serin levantou a cabeça novamente, ela encontrou um objeto tão impressionante que a fez esquecer o pote misterioso na hora.

Era uma esfera na cor de arco-íris. Estava em uma caixinha atrás da mesa, junto com várias outras coisas.

Fascinada, Serin caminhou até a caixinha e pegou a esfera, depois de tirar do caminho uma lata usada de spray fedorento, uma fechadura quebrada e um pano todo sujo de graxa.

Isto é...

Definitivamente, era da cor de arco-íris. Cores brilhantes emitidas de forma diferente, dependendo do ângulo de visão.

Mas não muito depois de Serin pegá-la, ouviu-se o som da goblin abrindo a porta e saindo. Atrapalhada, Serin recuou e bateu com as nádegas na beirada da mesa e, sem nem ter tempo de sentir dor, jogou a esfera no pote preto.

A goblin saiu com uma toalha enrolada no pescoço e encontrou Serin parada em uma postura de quem precisava urgentemente ir ao banheiro.

— O que você estava fazendo? — perguntou a goblin, sentindo que havia algo de estranho.

— Hã? Eu só estava dando uma olhadinha...

Serin respondeu como se nada tivesse acontecido, mas uma gota de suor frio escorreu por sua testa. Desconfiada, a goblin se aproximou lentamente, enxugando o rosto com a toalha sem tirar os olhos dela.

O coração de Serin batia tão alto quanto a explosão de momentos atrás. A goblin passou por ela e olhou ao redor da mesa bagunçada. Como esperado, seus olhos pararam no pote preto. Serin cobriu o pote com o corpo, mas não conseguiu impedir que a luz da esfera vazasse.

A goblin olhou para o pote e abriu a boca, como quando Serin descobriu a esfera de arco-íris.

— Mas o que é isto? Por que está aqui dentro?

Serin fechou os olhos com força. Ela pensou que poderia ser expulsa daquele lugar sem receber a esfera ou que poderia ser acusada de roubo e ficar presa na masmorra.

— Hmm…

A goblin soltou um gemido curto. No entanto, quando nenhuma outra palavra foi dita, Serin reuniu coragem para abrir os olhos.

Para sua surpresa, o que a goblin tirou do pote preto não foi a esfera de arco-íris. O que ela segurava na mão era um fio fino que só poderia ser visto olhando atentamente.

A goblin não parecia se importar nem um pouco com a esfera que Serin havia escondido, ganhando até um hematoma nas nádegas. Aliás, até colocou a esfera na mesa e a deixou rolar até a borda, como se estivesse atrapalhando. Foi uma atitude indiferente, como se não importasse se a esfera caísse no chão ou quebrasse.

No fim, ela acabou caindo mesmo.

Não!

Serin conseguiu pegar a esfera graças aos reflexos desenvolvidos no taekwondo. Ela se deitou no chão e deu um grande suspiro de alívio em uma postura semelhante à de um jogador de beisebol. Independentemente disso, a goblin ainda estava olhando para o fio.

— Isso é pelo de goblin. — Ela murmurou para si mesma, como se Serin não estivesse ali. — Sim, essa é a causa dos meus experimentos falharem. Não era culpa minha afinal.

A goblin colocou os óculos, que pareciam de sol, e juntou todos os béqueres e os despejou no pote. Por fim, quando o conta-gotas derramou o líquido suspeito, bolhas borbulhantes se formaram e a fumaça subiu como antes.

Serin pensou que outra explosão iria acontecer, então ajoelhou-se ao lado da mesa e cobriu os ouvidos.

Felizmente, nenhuma explosão ocorreu. Em vez disso, o frasco preto ficou cheio de um líquido que brilhava como as estrelas.

Serin levantou a cabeça acima da mesa com cuidado. A goblin, que sorria de satisfação, perguntou com uma expressão de surpresa, como se a estivesse vendo pela primeira vez naquele dia.

— Foi você quem colocou a esfera aqui?

Serin assentiu, preparada para ser repreendida.

— Obrigada.

Por um momento, Serin não acreditou no que ouviu. A goblin disse com uma expressão muito mais animada do que quando a viu pela primeira vez.

— Se não fosse pela esfera, eu nem saberia que estava aqui.

A goblin balançou o fio de cabelo em sua mão. Parece que ela descobrira algo que nunca tinha visto antes da esfera brilhante ser colocada no pote escuro.

— Nome?

— Kim Serin.

— Prazer em conhecê-la, sou Nicole. Eu roubo palavras das pessoas e as transformo em perfume. — Nicole estendeu a mão que não segurava o fio de cabelo para cumprimentar Serin.— Graças a você, me livrei de uma dor de cabeça. A casa provavelmente teria voado pelos ares até amanhã.

Serin concordou totalmente. Tinha tido a sorte de ter chegado antes de a esfera desaparecer. Estendeu a mão que não segurava a esfera.

— Mas por que você está segurando isso com tanta força? — perguntou Nicole a Serin, que segurava a esfera contra o peito como uma mãe pássaro segurando um ovo. Serin colocou apressadamente a esfera sobre a mesa.

— Desculpa, eu não pretendia roubar. Só queria dar uma olhada rápida na esfera de arco-íris, juro.

Serin se descontrolou e falou informalmente, mas Nicole não prestou atenção ao seu tom de voz. A razão pela qual Nicole inclinou a cabeça foi por causa de outra coisa. Ela cutucou a orelha com a mão que acabara de cumprimentar Serin.

— Esfera de arco-íris?

— Aham, essa aqui.

Serin apontou para a esfera que acabara de colocar sobre a mesa. A esfera parecia um pouco diferente agora, mas ainda era iridescente. Nicole, que a examinava, caiu na gargalhada.

— Também nunca vi uma esfera de arco-íris, mas sei que não é assim. É uma esfera como todas as outras.

Nicole esfregou a esfera com a toalha que trazia no pescoço. A esfera ficou amarela, como se fosse de mentira.

— Acho que devia ter óleo no lugar onde a deixei jogada.

Tal como ela disse, a esfera não brilhava mais nas cores de arco-íris. Serin não pôde acreditar e a olhou por vários ângulos, mas parecia tão comum quanto as outras que tinha visto até aquele momento. Quando seu coração, brevemente esperançoso, se esvaziou, Serin não conseguiu esconder a decepção.

— A esfera de arco-íris é algo difícil de ver até mesmo para os goblins. Não tinha como eu ter algo assim. Quem sabe, um goblin muito velho, talvez...

Nicole colocou os béqueres de lado e começou a transferir cuidadosamente o líquido do pote preto para uma garrafa de vidro.

— Na verdade, acabei de receber essa esfera esta manhã. Então, está praticamente nova. Não é uma esfera de arco-íris, mas ouvi dizer que ainda assim é muito boa para os humanos, certo?

Nicole tinha razão. Mesmo que não fosse uma esfera de arco-íris, aquela esfera poderia conter a linda cafeteria que Serin desejava.

Serin a pegou novamente.

— Então, posso pegar esta?

— Claro. Mas já está muito tarde, então passe a noite aqui. O tempo lá fora está péssimo.

Serin ficou surpresa ao se dar conta de que estava muito tarde e ficou mais surpresa ainda ao saber que o tempo estava péssimo. Obviamente fez uma tarde clara, sem uma única nuvem, até ela chegar ali. Serin rapidamente se aproximou da janela oval.

Tal como Nicole dissera, estava escuro lá fora. Além disso, uma tempestade de neve soprava com tanta força que era impossível ver o que estava por vir. Se ela quisesse sair naquele instante, precisaria pelo menos do casaco comprido e da touca de lã de Mata.

— Não tem por que ficar muito surpresa. Não sabemos quando ou como o tempo vai mudar aqui — disse Nicole enquanto olhava para Serin, cuja testa estava pressionada contra a janela.

Nicole bocejou e tirou o jaleco, que parecia que já soltaria sujeira assim que ela o colocasse na máquina de lavar.

— O quarto é por aqui. Se você for dormir, venha logo.

Ela colocou os chinelos em formato de coelho caolho e subiu as escadas para dentro do prédio. Depois de olhar pela janela mais uma vez, Serin subiu as escadas com Issha.

Apesar de o quarto de Nicole não ser muito espaçoso, não parecia haver nenhum problema em passar a noite lá. Nicole colocou no chão descuidadamente todos os itens que estavam empilhados na beliche. Depois de escolher aquele como o lugar onde Serin dormiria, tirou do armário um cobertor fino com cenourinhas bordadas e o entregou a ela.

Quando Serin subiu a escada da cama, ela emitiu um rangido alto, como se ninguém a usasse há muito tempo. Moveu para o lado da cama o coelho de pelúcia que Nicole ainda não tinha conseguido guardar e se deitou.

— Posso perguntar que tipo de experimento você estava conduzindo?

Era uma pergunta que ela teve curiosidade de fazer desde que chegara, mas não tinha tido a chance de perguntar.

— Ah, eu estava fazendo xarope de purpurina. — respondeu Nicole, colocando uma camisola com estampa de cenoura igual ao cobertor.

— Xarope de purpurina?

— Você já viu. A coisa no pote preto era xarope de purpurina.

Serin pensou no líquido que brilhava como areia branca em uma praia. Se ela mesma tivesse que nomeá-lo, provavelmente teria dado um nome igual.

— O xarope de purpurina que faço serve não só para perfumar, mas também para fazer as esferas de goblin que você quiser. É necessário para colorir. Eu costumo produzir bastante e ter um bom estoque, mas algum ladrão roubou tudo recentemente, sabe? — Nicole bufou como se estivesse com raiva só de pensar naquilo. — Eu estava com pressa de fazer de novo, mas a receita está dando errado há dias. Nunca pensei que haveria pelo de goblin ali. Deve ser o cabelo do maldito ladrão. Se bem que, longo e encaracolado, deve ser de uma mulher.

Nicole sacou novamente o fio de cabelo, que ainda não havia jogado fora. Parecia ter o dobro do comprimento de antes e estava enrolado, como se tivesse feito permanente.

Nicole lançou todos os tipos de maldições contra a ladra desconhecida. Mesmo que apenas uma delas a alcançasse, a dona do cabelo teria que viver em péssimo estado pelo resto da vida.

Serin tinha muitas outras coisas que gostaria de perguntar sobre a esfera de arco-íris, mas Nicole havia caído em um sono profundo e já estava roncando.

EPISÓDIO 12:
O JARDIM DE POPO

Serin passou a noite praticamente em claro.

Em primeiro lugar, porque o ronco de Nicole era tão alto que Serin pensou que ela tivesse explodido enquanto fazia experimentos novamente e, em segundo, estava muito curiosa sobre a esfera amarela que recebera.

No final, Serin não pôde esperar o amanhecer e acordou Issha com cuidado. Os olhos do gato estavam inchados, como se tivesse sido perturbado pelo som do ronco de Nicole, mas ele não deu sinais de estar incomodado.

Quando Issha pegou a esfera, tudo ao redor ficou imediatamente amarelo.

● ● ●

A cama e a oficina de perfumes de Nicole desapareceram, e o que surgiu foi um prédio moderno que parecia ter sido construído recentemente.

Havia uma janela bem limpa na frente de Serin, mas ela não conseguia ver seu reflexo, como se não existisse. O interior bem decorado chamou sua atenção.

Mais uma vez Serin se viu entrando no prédio, independentemente de sua vontade. Não era a cafeteria chique que Serin queria, mas era um café bastante agradável.

Uma música pop suave tocava e o cardápio estava cheio de fotos de dar água na boca, de raspadinhas com frutas e sobremesas.

No entanto, por incrível que parecesse, não havia nenhum cliente à tarde, quando deveria estar cheio deles.

No estabelecimento vazio, apenas uma jovem que parecia ser a proprietária estava sentada em uma cadeira ao lado do balcão, olhando fixamente pela janela.

Trrrrr.

O silêncio foi interrompido pelo toque do telefone. Parecia de alguém que ela conhecia bem, pois pegou o telefone imediatamente, sem qualquer hesitação. Ela começou dizendo olá, depois passou para atualizações sobre sua situação atual e seguiu se lamentando por ela.

— Não está nada fácil.

Ela disse que, quando se estabeleceu ali, o negócio era bom o suficiente para que não precisasse sentir inveja dos outros, mas o surgimento de novas cafeterias no bairro estavam colocando o negócio em risco.

— Assim como você, eu deveria ter feito um concurso público…

Ela também disse que o melhor lugar era aquele que pagava os salários em dia, sem se preocupar com vendas ou aluguel, e disse para a pessoa do outro lado da linha nem sonhar em largar o emprego atual.

— Ora essa, você está falando isso de barriga cheia. Acha que é fácil encontrar um lugar assim, onde você não precisa se preocupar em ser demitida e que sai na hora marcada, e ainda ter uma aposentadoria garantida? Nos dias de hoje, o "equilíbrio entre vida pessoal e profissional" é a melhor coisa. Eu gostaria de poder viver como você.

Sua expressão, que já era de inveja há algum tempo, mudou. Um casal parou na entrada da loja e olhava o cardápio afixado na entrada.

— Hã… a gente conversa depois.

Ela desligou rapidamente. Porém, o casal olhou o cardápio, deu uma olhada no interior da loja e acabou entrando na loja do outro lado da rua.

De ombros caídos, a jovem proprietária deu um longo suspiro.

De repente, os objetos ao redor ficaram embaçados e o cenário mudou, como se uma neblina tivesse se dissipado.

Serin estava deitada na beliche, bem pertinho do teto, debaixo do cobertor com estampa de cenourinhas, e um gato olhava para seu peito com uma esfera amarela na boca.

Issha colocou a esfera ao lado da cama e lambeu o rosto de Serin. Ela também acariciou a cabeça dele, que ronronou feliz.

Serin tirou Issha, que fez seu rosto parecer ter acabado de ser lavado, e desceu para o chão.

— Já é de manhã.

Antes que percebesse, a luz do sol da manhã entrava pela janela. Issha também desceu ao chão e esfregou o corpo ao passar entre as pernas de Serin.

— Issha, sinto muito, mas acho que vou ter que encontrar outra esfera.

Serin deu um tapinha no traseiro levantado de Issha. Não pensou a respeito por muito tempo, mas também não havia necessidade.

— Essa não era a esfera que eu queria. Quero uma vida equilibrada. Quero estar bem física e mentalmente. Hmm... Será que eu não seria feliz se tivesse um emprego o mais estável possível?

Issha soltou um pequeno miado e pulou até a janela. Então, olhou para fora como se estivesse verificando para onde ir.

— Bom dia.

Nicole devia ter acordado com o som de sua voz e levantou o rosto depois de ter dormido muito bem, porque seu rosto estava tão inchado que era difícil até de abrir os olhos.

— Você dormiu bem? — perguntou Nicole, limpando os olhos.

— Sim — mentiu Serin, com olhos avermelhados.

Nicole se espreguiçou por um longo tempo e escovou seus enormes dentes da frente com uma escova em formato de cenoura.

— É melhor você não ir até aquele lugar. As árvores-encrenca estão lá.

Issha também parecia estar relutante e ficou choramingando na frente da janela.

— O que é uma árvore-encrenca? — perguntou Serin, contendo um bocejo.

— São árvores que estão ansiosas para se divertir. São muito inconvenientes.

Nicole disse que um dia iria cortá-las e usá-las como lenha. Ela ficou brava e, enquanto dizia que, se as árvores tivessem nariz ela já as teria repreendido com o spray fedorento, acabou engolindo a água que estava usando para fazer gargarejo.

— Mas se você faz tanta questão, tudo bem — disse Nicole, limpando a pasta de dente branca do canto da boca. — Espera só um pouquinho.

Ela desceu correndo as escadas sem nem trocar o pijama. Por um momento, ouviu-se o som de frascos se chocando e ela voltou com uma cesta cheia de todos os tipos de perfume.

— Experimente esse aqui primeiro.

Nicole sacou o perfume do topo e, ao pressionar levemente a bomba no frasco, um aroma picante se espalhou pelo pequeno cômodo.

— Estas são palavras roubadas que os humanos sussurram quando se apaixonam. Se você borrifar isso, se sentirá bem-disposta por um bom período.

Como ela dissera, quando o perfume tocou as roupas de Serin, seu corpo ficou leve, como se estivesse andando nas nuvens. Issha também parecia estar de bom humor, deitado no chão e rolando. A mão de Nicole afundou mais na cesta.

— Vamos ver… Esta é uma coleção de reclamações de mães, e aqui também tem um perfume feito de mentiras, de quando as pessoas dizem "vamos nos ver em breve." — Nicole empurrou a cesta transbordante para Serin. — São apenas cem moedas de ouro no total.

Serin vasculhou os bolsos, que agora estavam mais finos do que antes. Ela não tinha gastado tanto consigo, mas os lanches de Issha tinham diminuído consideravelmente suas reservas. Serin apontou para a vela perfumada no fundo da cesta.

— Acho que isso é tudo de que preciso.

Nicole coçou a ponta do nariz.

— A vela perfumada que dá coragem. Também não é ruim. Uma moeda de ouro basta.

Embora Nicole parecesse desapontada, não forçou a barra.

Apesar de Nicole ter pedido que ficasse mais um dia, Serin decidiu ir embora da oficina de perfumes. Se ficasse sem pregar os olhos por mais uma noite, teria que dormir pelo resto da estação das chuvas, e a água do seu relógio já havia diminuído visivelmente. Serin estava tão impaciente enquanto Nicole abria as fechaduras uma por uma que até batia os pés.

Serin seguiu Issha pela estrada segurando uma caixinha nas mãos. Era um bolo de cenoura preto e queimado que Nicole oferecera.

Acho que vou ter que comer.

Serin procurou por uma pedra plana por perto e sentou-se nela. Depois de retirar a parte queimada, sobrou menos da metade, mas foi o suficiente para saciar sua fome imediata.

Serin colocou o bolo no colo, passou o dedo no recheio e levou-o aos lábios. À medida que o bolo ia derretendo na boca, o cansaço de Serin desaparecia.

— Ué?

E, enquanto ela saboreava o primeiro pedaço, puf! O restante do bolo desapareceu. Serin olhou para Issha, que olhava para o outro lado. O gato fingiu não notar e não fez contato visual com Serin, mas seus bigodes estavam todos sujos de migalhas.

Serin não repreendeu Issha. Ela limpou a carinha dele e se levantou. Seu estômago roncou alto, mas ela não sentia fome alguma.

Pois a floresta diante dos seus olhos estava se movendo.

— Mas o que...?

As árvores, que deveriam ter raízes no solo e ficar em pé, andavam. Elas até esticavam os longos galhos e batiam umas nas outras, como se estivessem brincando.

Serin paralisou por um momento diante daquela visão inacreditável.

Aquelas coisas, que claramente se pareciam com árvores, mas não poderiam ser chamadas de árvores de forma alguma, estavam circulando e fazendo barulho. Parecia que estavam protegendo a floresta do lado de fora, e também que estavam presas em uma jaula chamada de floresta.

Quando Serin tomou coragem e deu um passo em direção à floresta, Issha também se aproximou e ficou ao lado dela.

— Grrrr.

Issha, que devia ter sentido a necessidade de se preparar para passar por aquele lugar, foi aumentando de tamanho aos poucos. Quando finalmente ficou do porte de um lobo adulto, mostrou as costas e fez um gesto para Serin montá-lo. Mas Serin não obedeceu e só fez um carinho no bicho.

Ela estava relutante em montar um gato porque parecia maus-tratos e, em se tratando de correr, tinha mais confiança do que qualquer outra pessoa.

Serin amarrou os cadarços do tênis e respirou fundo.

— Ok, vamos lá, Issha!

Ao mesmo tempo em que as palavras de Serin sumiam, Issha colocou todas as forças nas patas traseiras e pulou primeiro na floresta.

As árvores rapidamente demonstraram interesse. No entanto, Issha moveu-se depressa, esquivando-se bem. Onde os troncos das árvores golpeavam, havia apenas as pegadas que Issha acabara de deixar.

Serin, que ganhou coragem ao ver Issha, também pulou na floresta. Mas as árvores eram muito mais rápidas e ágeis do que quando vistas à distância. Serin imediatamente se arrependeu, mas o caminho de volta já estava bloqueado pelas árvores que a perseguiam.

Não era para ser assim...

Instantes depois, um galho enroscou o tornozelo de Serin e a árvore ergueu o corpo dela no ar. Sentiu-se como se o mundo tivesse virado de cabeça para baixo e estava se afastando cada vez mais do chão. Gritou o máximo que pôde, mas não havia como ter alguém por perto para ajudar. Não podia ver para onde Issha, que estava sempre com ela, tinha ido.

A árvore monstruosa sacudiu Serin para a esquerda e para a direita no ar como se ela fosse um brinquedo, depois a arremessou. Por um momento, ela pôde ouvir o som de um vento forte em seus ouvidos.

— Ai!

Serin pensou que com certeza sofreria uma queda e cobriu a cabeça instintivamente, mas não parecia que seria de grande ajuda àquela altura. Perdeu as esperanças diante do tombo iminente.

Mas o choque esperado não veio. Na verdade, ela se sentiu tão confortável como se tivesse deitado em um sofá aconchegante. Quando finalmente recobrou o juízo e olhou para baixo, viu Issha apoiando-a com o corpo inchado como um balão.

— Issha!

Serin soltou um grande suspiro de alívio e deslizou para o chão. As árvores pareciam pensar que tinham acabado com ela e pararam de persegui-la.

Depois de confirmar que Serin estava segura, Issha voltou a ser um gatinho. Serin o abraçou com força e esfregou suas bochechas. O gato sentiu como se estivesse sufocando, mas não tentou se afastar e não pareceu achar ruim.

— Aliás, o que é isso?

Serin soltou Issha e olhou para a grande árvore alta à sua frente. Coincidentemente, no local onde Serin tinha caído havia uma árvore muito maior que as outras que tinha visto até agora, bloqueando o céu e fazendo uma longa sombra.

Felizmente, essa árvore não se mexia. Em vez disso, havia uma pequena porta presa a um grosso pilar de madeira. Era estranho ter uma porta presa a uma árvore, mas depois de todas as coisas malucas que tinha visto nos últimos dias, até que não era grande coisa.

Issha, um passo à frente dela, se aproximou da porta. Isso significava que havia uma esfera ali.

Toc, toc.

Depois de bater à porta, Serin ficou impaciente e a empurrou de leve. A porta destrancada abriu para dentro sem fazer barulho.

O interior da árvore era um mundo diferente do exterior. Todos os tipos de árvores e flores foram plantadas em um amplo espaço como um playground. Serin teve que fechar os olhos por um momento por causa da luz, que não se sabia de onde vinha e iluminava tudo ao redor.

— Ei, pare aí!

Não muito longe da porta, uma velha balançava seu cajado contra uma jovem árvore-encrenca. Como o movimento era lento demais, apenas agitava o ar. A árvore-encrenca não se moveu muito e, depois de evitar o cajado da velha, correu até onde Serin estava. Surpresa, Serin pegou Issha e desviou para o lado. Então, a jovem árvore-encrenca saiu correndo pela porta que Serin ainda não tinha fechado.

Houve silêncio por um momento.

Vup.

Uma rajada de vento entrou pela porta por onde a árvore-encrenca desapareceu. Serin pediu desculpas à velha primeiro.

— Olá…Me desculpe, a senhora estava fazendo algo importante?

A velha deu um grande sorriso com o rosto enrugado.

— Não, está tudo bem.

Serin pensou que talvez pudesse encontrar a esfera de arco-íris naquele lugar, talvez porque se convenceu de que nunca tinha visto nenhuma goblin mais velha do que aquela diante dos seus olhos. Os cabelos grisalhos visíveis sob o capuz brilhavam mais brancos que a neve. Ela continuou a bater nas costas curvadas, quase tocando o chão.

— Você deve ser humana. Por favor, venha por aqui. — A velha apontou para uma mesa não muito longe. — Gostaria de um pouco de chá?

Serin tentou dizer que estava tudo bem, mas a velha já estava indo em direção ao guarda-louças.

No entanto, as mãos da velha eram tão lentas no preparo do chá que Serin quase tomou a iniciativa.

— Acho que você veio buscar a esfera, certo? — perguntou a velha, com um chá fumegante à sua frente.

— Sim.

Serin, que esperava o chá esfriar, respondeu rapidamente. Fazendo barulho, a velha tomou um gole do chá de alguma erva desconhecida.

— Deve ter sido difícil chegar aqui. Eu sou a jardineira responsável. Pode me chamar de Popo.

— Ah, eu sou Serin.

Serin juntou as mãos e respondeu educadamente. Vendo aquilo, Popo sorriu tanto que seus olhos se fecharam até desaparecerem. Até parecia que ela estava olhando para sua linda neta.

— Eu cuido das flores e das árvores com as lágrimas e o suor que os humanos derramam escondido.

Popo apontou com o cajado para todas as plantas que enchiam a grande sala. Havia flores em plena floração e também as que ainda não haviam aberto os botões. Algumas árvores pareciam completamente mortas.

— Elas estão todas esperando pelas suas épocas.

Serin não entendeu o que Popo quis dizer e perguntou novamente.

— Suas épocas?

Popo tomou um gole de chá e assentiu de leve.

— Cada flor e árvore tem sua própria época. Algumas flores desabrocham intensamente na primavera, mas também há árvores que florescem apenas no final do verão ou no outono. Há até flores que marcam presença nos dias mais frios do inverno, quando todas as outras estão congeladas. O que faço é recolher as lágrimas e o suor do esforço humano e cuidar das plantas daqui. Para que floresçam no momento mais adequado.

Embora sua dicção fosse prejudicada pela falta de alguns dentes, sua sinceridade era evidente em cada palavra.

— E o que a senhora estava fazendo quando cheguei? — perguntou Serin, levando à boca a xícara de chá que segurava com as duas mãos.

Popo riu baixinho com a pergunta.

— Eu estava colhendo frutas da árvore-encrenca. Normalmente Toriya me ajuda, mas como ele se machucou anteontem...

As palavras de Popo foram diminuindo de volume e ela olhou com apreensão para um canto da sala obscurecido por árvores, que não podia ser visto com clareza.

Serin ficou feliz ao ouvir o nome de Toriya, mas, ao mesmo tempo, ficou preocupada.

— Ele se machucou muito?

Entre as vigas de madeira, dava para ver a cabeça grande e enfaixada de Toriya. Ele devia estar dormindo profundamente, pois bolhas de muco inchavam e explodiam da ponta de seu nariz repetidas vezes.

— Não muito, ele tropeçou em uma pedra enquanto perseguia um ladrão. Ele despertou brevemente, disse algo sobre ter que pegar o goblin fumegante e voltou a dormir depois.

Serin quase cuspiu o chá que mal havia bebido quando ouviu a palavra "ladrão".

— Também houve um ladrão aqui?

Vendo o olhar chocado de Serin, Popo a acalmou.

— Na verdade, nem era um ladrão. Só levaram algumas frutas de uma árvore-encrenca. A fruta dessa árvore é a favorita do chefe e é usada para dar cor às esferas do goblin. Mas não tem um gosto muito bom e quem roubou devia estar com muita fome.

Popo riu como se não fosse grande coisa e bebeu o resto do chá. Ela deixou de lado a xícara de chá vazia e pegou o cajado novamente.

— Relaxe e não tenha pressa. Me diga quando escolher a flor de que mais gostar. Como estou ocupada, já vou levantando.

A velha demorava muito para dar um único passo. Uma pessoa mais impaciente teria ficado maluca: o andar dela era quase o mesmo que ficar parada. Serin estava preocupada com Popo, que se apoiava no cajado e fazia força para ficar em pé com as pernas desajeitadas. Além disso, queria recompensar Popo por tratá-la calorosamente, sem franzir a testa uma só vez, mesmo recebendo uma visita inesperada e sendo interrompida no que estava fazendo.

— Se a senhora estiver colhendo frutas da árvore, posso ajudá-la?

Num instante, a expressão de Popo iluminou-se. Mas logo ela acenou com a mão.

— Não quero incomodá-la, minha jovem. Eu farei no meu tempo.

— Lembre-se de que eu acabei deixando a árvore-encrenca sair. Além do mais, preciso fazer valer pelo chá.

Como Serin mostrou disposição, Popo não insistiu em recusar.

— Bem, você poderia fazer isso? Muito obrigada. Peço desculpas por isso — disse Popo com uma cara de quem não estava nada arrependida.

— De quantas a senhora precisa?

— Não muitas, apenas um punhado. Mas as frutas são pequenas e pode ser difícil encontrá-las.

Serin bebeu o chá morno de uma só vez e saiu da mesa.

— Não se preocupe. Apenas espere aqui que eu vou lá com Issha e voltarei com as frutas — disse Serin, confiante, e saiu pela porta com passos firmes.

Issha, que estava deitado de bruços no chão, a seguiu apressadamente.

Serin falou com muita confiança, mas quando ficou de frente com a árvore, suas pernas começaram a tremer. Quando viram Serin, as árvores se aproximaram lentamente. Ter Issha ao seu lado não poderia ter sido mais reconfortante em um momento como aquele.

Serin olhou para o gato, que já havia mudado para o tamanho de um grande lobo.

— Issha, você consegue, certo?

O rugido de uma fera enorme saiu da boca do animal.

— Ok, só desta vez, eu vou montar em você.

Issha baixou as costas para que Serin pudesse montá-lo, e ela segurou os pelos do pescoço dele, que incharam como uma juba.

— Vamos pegar as frutas e voltar sem sermos pegos por essas árvores idiotas.

Sem sequer esperar o sinal de partida, Issha disparou como uma flecha que sai do arco.

As árvores rapidamente se aglomeraram como hienas famintas. No início, eram no máximo três ou quatro, mas logo o número aumentou para dezenas. Era como se toda a floresta tivesse se mobilizado.

Issha se aproximou das árvores sem medo. Assim como Popo dissera, havia várias frutas penduradas na parte mais interna de todas elas. Eram tão pequenas que não podiam ser vistas de longe. Eram apenas um pouco maiores que uma cereja.

— É isso, Issha.

Finalmente, Serin foi capaz de chegar perto o suficiente para pegar as frutas se estendesse a mão. Mas quando estava prestes a pegá-las, os galhos se juntaram e cercaram as frutas.

No final, Serin e Issha não tiveram escolha senão dar um passo para trás. As árvores próximas também começaram a proteger as frutas com suas folhas e caules. Issha olhou para Serin, querendo saber o que ele deveria fazer.

Mas Serin também não conseguia pensar em uma solução. Porém, ela não queria ir embora de mãos vazias. Talvez por estar junto com Issha, ou talvez por causa da sua obsessão pelas esferas, mas por algum motivo, não teve vontade de desistir. Talvez porque o perfume que Nicole havia borrifado nela ainda estivesse fazendo algum efeito.

Serin olhou para os galhos caídos ao seu redor por um momento e sussurrou no ouvido de Issha.

— Você conseguiria correr mais rápido do que agora?

Issha soltou um grito tão alto que as árvores estremeceram.

— Ok, vamos mudar de estratégia. Acho que será difícil pegar as frutas diretamente. Em vez disso, vamos fazer com que elas mesmas entreguem as frutas. Mostre para elas sua verdadeira força.

Issha lambeu a bochecha de Serin uma vez como forma de dizer a ela para se segurar com força. Então, começou a correr a uma velocidade incomparavelmente mais rápida do que antes.

Serin se lembrou de uma montanha-russa em que ela andou uma única vez quando criança. Só que dessa vez não havia nenhuma trava de segurança e ela estava correndo por uma floresta em vez de por cima dos trilhos. Era difícil manter os olhos abertos e as lágrimas escorriam. Tudo que ela conseguia ouvir era o som de passos na grama e sobre os galhos.

Tap tap tap.

Como Serin queria, Issha não se afastou muito da floresta e correu ao redor das árvores, desenhando um grande círculo. As árvores que estavam espalhadas gradualmente se juntaram em um lado. Elas se esforçaram mais para pegar Issha e Serin, mas, quanto mais tentavam, mais acabavam arranhando outras árvores. Por estarem tão próximas, pareciam estar interferindo nas ações umas das outras.

Issha passou pelas árvores que estavam quase grudadas, como se estivesse zombando, e despertou a raiva delas. Quando passaram por baixo das raízes de uma delas, ele se agachou no chão e deslizou como se fosse um molusco. Serin, que estava se segurando sem cair, parecia ainda mais incrível do que Issha, que evitava os ataques.

Preciso segurar firme.

Serin se esforçou para arregalar os olhos e olhou em volta. Felizmente, foi como ela pensava. As árvores estavam tão preocupadas em pegar Issha que esbarravam umas nas outras e brigavam. Havia também diversas árvores cujos troncos estavam torcidos e caíam. As outras árvores passavam por cima delas e tudo já estava uma bagunça. No entanto, as árvores cobertas de poeira os seguiram incansavelmente e com persistência.

— Já está bom, Issha. Vamos atrair elas para longe e depois voltar com as frutas.

Issha urrou brevemente e virou a cabeça para fora da floresta.

As árvores muito exaltadas correram atrás deles. A floresta começou a se mover outra vez.

Pouco tempo depois, Serin voltou ao local onde ocorreu a comoção, saiu das costas de Issha e pousou no chão. No lugar onde haviam caído inúmeros galhos e folhas, encontrou frutas do tamanho de pedrinhas, tantas que o chão parecia de cascalho.

Serin verificou mais uma vez para ter certeza de que não havia árvores atrás dela e, com cuidado, começou a recolher frutas. Ainda bem que elas tinham a casca dura e continuavam em boas condições. As frutas coloridas brilhavam lindamente à luz do sol.

Uau, são mesmo muito bonitas.

Eram bonitas o suficiente para dar vontade de roubá-las para usá-las como decoração, e não só para comer. Serin colheu as frutas e chamou Issha, que havia se transformado em um gatinho fofo e correu com graciosidade para seus braços. Serin limpou a sujeira do nariz de Issha e virou-se para a grande árvore onde Popo estava.

Hã?

Serin nem chegou a dar um passo quando olhou para trás novamente, porque sentiu que fez contato visual com uma figura escura logo antes de virar a cabeça. Parecia alguém usando um saco plástico na cabeça. Não fazia sentido seus olhos se encontrarem, já que não havia olhos, mas não tinha outra forma de expressar a sensação de que alguém estava olhando para ela. Claramente, se escondia atrás de uma rocha, esticando o que parecia ser uma cabeça e a observando em segredo.

Definitivamente havia algo ali…

Serin largou Issha e aproximou-se da rocha com cuidado. A maneira como andava, agachada e com passos silenciosos, era como observar uma caçadora perseguindo sua presa. Os arredores estavam tão silenciosos que daria até para ouvir o som de alguém engolindo a saliva.

Ao chegar à rocha, sem saber de onde tirou tanta coragem, Serin olhou por cima dela. Mas tudo o que pôde ver foi uma sombra longa que se estendia atrás dela.

Será que eu me enganei?

Serin inclinou a cabeça e coçou o cabelo desgrenhado. Issha também girou em torno da rocha e cheirou-a, com olhos curiosos.

Serin pegou Issha novamente e segurou-o nos braços.

— Vamos Issha, ela deve estar preocupada.

Estou exausta, Serin pensou. É verdade que ela mal tinha conseguido dormir na noite passada, e estava exausta de fugir daquelas árvores ambulantes. Sem pensar duas vezes, ela se virou para a árvore com a porta.

Quando Serin desapareceu por completo, uma fumaça começou a vazar das sombras atrás da rocha. A leve fumaça tornou-se cada vez mais densa e logo se transformou em um caroço parecido com lama. No entanto, a fumaça apenas se contorcia sem parar e não assumia uma forma específica. Cresceu apenas o suficiente para se elevar ligeiramente acima da rocha.

 E, por um tempo, observou a direção em que Serin desapareceu.

EPISÓDIO 13:
O RESTAURANTE DE BORDO E BORMO

A luz da manhã despertou Serin, que franziu a testa com a claridade. Estava tão cansada que não conseguia nem abrir os olhos e bocejava sem parar. Ao seu lado, Issha estava apagado, com a cabeça enterrada na ponta do travesseiro, tão imóvel que Serin pensou que ele pudesse realmente estar morto. Só depois de encostar o ouvido no peito dele e confirmar que seu coração estava batendo é que ela finalmente relaxou. Sentindo a presença de Serin, Issha também acordou imediatamente e se espreguiçou por um longo tempo.

Com os olhos cansados, Serin olhou em volta. Era um quarto pequeno, com apenas uma cama coberta por um cobertor branco e uma mesa. Era simples, sem outros móveis, mas só o leve cheiro de madeira que emanava das paredes fazia parecer tão bom quanto um quarto de hotel.

Serin esfregou os olhos turvos e tentou se lembrar. Definitivamente, se lembrava de ter chegado ontem à casa da árvore, entregado as frutas e descansado um pouco, mas parece que caíra em um sono profundo.

Felizmente, havia água para se lavar e roupas para vestir ao seu lado. Serin lavou todo o rosto empoeirado e, ao tirar suas roupas surradas e vestir roupas novas, se sentiu revigorada, como se a sujeira tivesse sido removida.

Serin abriu a porta feita de troncos de árvores trançados e saiu. Havia um rosto familiar do lado de fora.

— Se...rin...

Toriya reconheceu Serin primeiro e cumprimentou-a calorosamente.

— Toriya!

Serin deu um passo mais para perto e agarrou o punho dele, do tamanho de uma tampa de panela.

Havia um curativo mal colocado na testa de Toriya, mas ele não parecia gravemente ferido. Talvez por ter acabado de acordar também, havia uma longa marca de baba da boca até seu queixo. Outro rosto apareceu entre as pernas de Toriya.

— Estava confortável para dormir?

Era Popo. Ela abriu um sorriso grande, com seu jeito doce característico.

— Sim, obrigada. Desculpe o incômodo.

Quando Serin se curvou e cumprimentou Popo, ela deu um passo à frente com seu cajado.

— Aqui, fique com isso.

— O que é?

O que ela entregou era um vasinho contendo um objeto pequeno, que parecia um chifre à primeira vista. Quando olhou de perto, Serin constatou que era o broto de uma árvore recém-crescida.

— Trouxe como recompensa pelas frutas de ontem. Apesar da aparência, é a coisa mais preciosa do nosso jardim.

Popo acrescentou uma explicação a Serin, que olhava para o vasinho com olhos curiosos.

— É uma planta chamada bambu, que eu trouxe do mundo humano há muito tempo. Estranhamente, cresce tão devagar que chega a parecer morta durante os primeiros anos. Mesmo quando outras plantas brotam, florescem e até dão frutos, essas raramente aparecem acima do solo. Ficam só enterradas no chão, parecendo surradas e insignificantes.

De fato, a espécie no vaso parecia mais um pedaço de madeira podre do que uma planta brotando.

— Mas esse aí não está perdendo tempo. Porque as raízes estão se espalhando profundamente em lugares que os outros não conseguem ver. Depois que as raízes estão totalmente formadas, ela crescem depressa a uma altura que ninguém esperava. O que você acha? Não é muito divertido? Eu preparei isso porque achei que combinaria bem com você. Se não estiver procurando nada em particular, acho que deveria comprar isso. Uma moeda de ouro é o suficiente.

Serin arregalou os olhos e prestou atenção no vaso novamente. Como não havia nenhuma flor de que gostasse ou quisesse em particular, ela não tinha motivos para rejeitar seu atencioso presente.

— Obrigada, eu aceito.

Serin pegou a bolsa de goblin, colocou o vaso nela e tirou uma moeda de ouro do bolso. Toriya, que estava ao seu lado, pegou o dinheiro no lugar de Popo. Quando a moeda de ouro foi colocada em uma cuia tirada do bolso da frente de Toriya, deu para ouvir um alegre som de tilintar.

— Está bem, então…

Popo encostou o cajado na posição vertical, procurou na manga e tirou uma esfera de cor azul.

Por um momento, uma expressão de decepção passou pelo rosto de Serin. Popo percebeu isso e perguntou:

— Você esperava algo diferente?

Serin não se preocupou em esconder e falou honestamente.

— Na verdade, eu achei que poderia ter a esfera de arco-íris aqui.

Popo olhou para ela com os olhos cheios de surpresa.

— Você conhece a esfera de arco-íris?

— Pouca coisa. Descobri por acaso que é muito melhor do que as esferas do goblin.

Popo fechou os olhos e pareceu perdida em suas lembranças.

— Uma esfera de arco-íris… É um nome que não ouço há muito tempo. Quando eu era jovem víamos esferas de arco-íris o tempo todo. Todos os goblins queriam tê-la porque realizava seus desejos.

Suas palavras saíram frustrantemente lentas, mas Serin não a apressou.

— Mas a ganância sempre leva à desgraça. Um dia, uma grande briga estourou por causa disso, e o próprio chefe não conseguiu ignorar e interveio. Ele quebrou a esfera de arco-íris em vários pedaços e a transformou em esferas do goblin comuns, tornando-as esferas que não têm utilidade alguma para eles. Talvez ainda existam algumas perdidas em algum lugar, mas não me lembro de tê-las visto recentemente.

— Ah, entendi...

Serin tentou agir como se nada tivesse acontecido, mas ainda parecia taciturna. Popo falou com um sorriso, como se quisesse confortá-la:

— Se não conseguir encontrar a esfera de arco-íris quando sair da loja, vá ver o chefe.

— O chefe? — perguntou Serin, arregalando os olhos.

— Se alguém consegue desfazer uma esfera em pedaços, também deve ser capaz de combiná-las em uma só. Não acha? O chefe é o maior entre os goblins.

— O chefe parece ser uma pessoa de alto escalão. Será que aceitaria atender alguém como eu? — perguntou Serin, sem confiança na voz.

— Talvez — disse Popo enquanto olhava para o bilhete dourado, que ficou à vista no bolso de Serin enquanto ela tirava as moedas de ouro. — Nós, goblins, só podemos ter uma esfera, mas você pode coletar quantas quiser.

O rosto de Serin começou a se iluminar de expectativa.

— Então, onde está o chefe?

Popo olhou para além da porta fechada. Ela abriu bem os olhos, que estiveram sempre fechados porque ela esteve sorrindo esse tempo todo.

— Ele está na parte mais alta da loja dos goblins, a cobertura.

Acenando para Popo e Toriya debaixo da grande árvore, Serin saiu da floresta. A floresta, contra a qual ela tinha lutado tanto para entrar, agora estava quieta. Ela não conseguia ver para onde todas as árvores tinham ido, e o lugar chegava a parecer desolado por não haver nada correndo por lá. De vez em quando dava para ver algumas folhas voando com o vento.

Depois de cruzar o pequeno riacho, edifícios reapareceram aqui e ali. Pelo jeito, definitivamente, ela havia deixado a floresta.

Assim que Serin encontrou um lugar, ela se sentou no chão e chamou Issha. Tirou a esfera azul da bolsa de goblin e, embora não fosse uma esfera de arco-íris, decidiu se dar por satisfeita por enquanto.

Afinal, dentro da esfera devia ter uma vida confortável e estável.

Se ela fosse procurá-las uma por uma daquela forma, talvez acabasse conseguindo uma esfera de arco-íris de verdade. Serin se sentiu melhor ao pensar em como sua vida mudaria em breve.

Ao seu lado, Issha já estava abrindo a boca e se preparando. Era incrível ver sua cabeça aumentar de tamanho, não importava quantas vezes ela tivesse visto.

Logo, a luz azul começou a envolver os arredores.

● ● ●

Em uma fração de segundo, Serin estava dentro de um prédio. Parecia ser a sede de algum órgão público, pois possuía uma grande estrutura com fileiras e um organograma complexo. Havia lugares vazios aqui e ali no escritório silencioso, e apenas o som da digitação podia ser ouvido ocasionalmente. As mesas do mesmo tamanho e as divisórias que as cercavam pareciam um tanto sufocantes.

Embora sua postura fosse desleixada, o homem repetiu o mesmo movimento várias vezes com uma expressão séria no rosto.

Logo, o homem ligou para alguém no celular e marcou um encontro para jogar golfe. Depois, à medida que a história se prolongava, ele tirou um cigarro da gaveta da sua mesa e saiu do escritório falando, em uma ligação com alguém.

Uma mulher observava-o de perto.

Sentada no canto das mesas ordenadas, fingiu estar fazendo alguma coisa com diligência e, quando o homem saiu, tirou as mãos do teclado.

Era uma mulher que parecia estar beirando os trinta anos de idade, vestida com esmero o suficiente para parecer uma apresentadora de telejornal. No entanto, seu rosto estava tão rígido quanto a atmosfera do escritório e, embora usasse batom vermelho, ela dificilmente parecia animada.

Pelas costas dela, Serin olhou para a conversa que ela acabara de ter com alguém via *chat*.

"O que você vai fazer hoje depois do trabalho?"
"Vou sair com o meu namorado. Por quê?"
"E neste fim de semana?"
"Vou viajar. Eu disse que iria passar um mês na Europa, não disse?"
"Ah, está certo, então vamos jantar juntos depois."
"Ok."

Ainda escondendo seu corpo pequeno atrás do monitor do computador, ela começou a olhar para a tela do celular.

— Afff.

Cada vez que seu polegar, com a unha pintada de nude, passava pela tela, as imagens voavam em um instante. O suspiro que ela costumava soltar se transformou em uma exclamação.

— Nossa!

Em cada uma das fotos com uma paisagem exótica ao fundo, havia um homem com corpo de modelo e óculos escuros sobre a testa. Ao lado da foto, também havia uma breve apresentação na descrição do perfil.

"Repórter de viagens."

O homem parecia extremamente feliz. Parecia tão diferente dela, presa num prédio cinza.

O homem na foto mergulhava no mar esmeralda, exibindo a pele bronzeada, e bebia um drinque de coco, sentado em uma praia cercada por palmeiras. A foto dele saltando de um avião de paraquedas parecia vertiginosa, mas comovente.

Com olhos invejosos, ela clicou em "Curtir" em todas as fotos. Quando desligou o celular, seu rosto, que havia se iluminado por um momento, ficou sombrio novamente. E o ambiente foi escurecendo aos poucos, como se uma exibição de cinema estivesse terminando.

De repente tudo ficou claro como se uma luz tivesse sido acesa dentro de um quarto escuro. Serin balançou a cabeça. Estava no mundo dentro da loja de novo. Estranhamente, a quantidade de tempo que passava tendo as ilusões aumentava e diminuía conforme sua vontade. Ficou curiosa para saber o porquê disso, mas não a ponto de ir até Durov e perguntar. Issha cuspiu a esfera azul cheia de baba no colo de Serin.

— Escuta…

Serin segurou suavemente, apenas com o polegar e o indicador, ambas as extremidades da esfera e colocou-a na bolsa de goblin antes de falar com cautela.

— Issha, eu estava pensando e acho que quero viver livremente. Eu gostaria de poder ir aonde quiser.

Ela se perguntou se não estava mudando de ideia com muita frequência, mas Issha não parecia se importar. Na verdade, ele estava tão animado e balançou tanto o traseiro que seu rabo não podia ser visto. Era como ver um cachorrinho brincando de pegar uma bolinha com sua dona.

— Você não me acha um saco?

Em vez de responder, Issha enfiou o nariz na grama e cheirou. Então, pareceu ter encontrado o lugar onde estava a esfera que Serin queria e começou a correr ansiosamente com suas pernas curtas.

Serin também seguiu atrás de Issha em ritmo acelerado. Eles desapareceram no beco em um instante.

❖

Serin engoliu em seco e olhou para cima. Na sua frente, havia um grande prédio que ainda não tinha visto. Não era apenas um edifício alto. As janelas, o portão e até o tapete na entrada eram grandes.

Serin chegou a pensar que o goblin mais forte da loja tivesse esticado o prédio à força ou feito magia para aumentar seu tamanho várias vezes. Ou talvez ela própria tenha ficado menor sem perceber.

Seja lá como for, não achou que alguém estaria morando naquele lugar. A versão mais plausível era que se tratava de uma maquete de uma exposição sobre um arquiteto excêntrico.

Nesse momento, como se zombasse dos pensamentos de Serin, a porta se abriu e alguém apareceu.

Era um goblin grande que combinava com o tamanho da porta. Comparado ao goblin que aparecera agora, Toriya parecia uma criança. Ao abrir a porta sem pensar, o goblin se assustou ao ver Serin.

— Meu Deus, que susto.

No chapéu do goblin caolho tinha um símbolo de caveira assustador. Se ele não estivesse usando um avental de renda ou segurando uma concha com motivos florais, Serin teria tentado fugir sem sequer olhar para trás. A etiqueta quadrada no avental dizia "Bordo."

Bordo dobrou os joelhos e ficou na altura dos olhos de Serin.

— Ora essa, é uma humana. Por que você veio até aqui?

Antes que Serin pudesse responder, outro rosto idêntico apareceu. Porém, a impressão foi bem mais suave, talvez por não haver acessórios que chamassem a atenção.

— Mano, acho que no mundo de fora já deve estar chovendo. Estava na hora de aparecerem mesmo.

— Já estamos nessa época? — perguntou Bordo, contando nos dedos.

— Fala para ela entrar por um momento e dar uma olhada.

Bordo lançou um olhar de advertência para Serin, com uma expressão intimidadora.

— E você deve se comportar, entendeu, garotinha?

Então, ele aproximou seu rosto já assustador.

— Sim...

Serin respondeu instantaneamente e olhou para a porta da loja. Só aí é que a grande placa pendurada acima da porta chamou sua atenção. Tal como eles, letras grandes estavam gravadas na placa.

"*Restaurante de Bordo e Bormo*"

O interior estava lotado de clientes.

Um forte cheiro de comida saía pela entrada, o burburinho das conversas e dos preparos na cozinha se misturavam, tornando o lugar tão barulhento quanto um mercado. De vez em quando, alguém gritava, mas nenhuma briga eclodiu.

Serin entrou na loja, tomando cuidado para não ser atropelada pelos goblins bêbados.

Por coincidência, havia uma cadeira vaga perto de Serin. Embora fosse uma cadeira, para ela parecia apenas duas grandes escadas encostadas uma na outra.

— Ora, que gracinha de cliente humana.

O goblin sentado ao lado pegou um punhado de petiscos e puxou conversa enquanto comia. Assim como Bordo, ele também era um goblin grande. Havia migalhas de biscoitos recém-caídas presas em sua barba suja, e os botões de sua camisa havaiana azul-claro pareciam prestes a se abrir, se ele respirasse fundo.

De repente, ele estendeu os braços, que pareciam troncos.

— Olá, meu nome é Hank. Eu tenho roubado dos humanos a vontade de tomar banho no final de semana.

Serin, que se retraiu momentaneamente, pensando que ele estava tentando machucá-la, apertou a mão dele de volta com uma expressão envergonhada no rosto.

— Olá, sou Serin.

Hank colocou no chão a mão que usou para apertar a mão dela. Serin entendeu imediatamente sua intenção e subiu na palma da sua mão. Só de Hank levantar de leve, Serin já conseguiu se sentar com facilidade na cadeira.

— Obrigada.

Assim que seu traseiro encostou no assento, Bordo reapareceu. Em sua mão, havia uma caneca de cerveja grande o suficiente para Serin tomar um banho.

Bordo caminhou direto até a frente de Hank e baixou bruscamente o copo de cerveja, respingando gotas para todos os lados. Serin, que não conseguiu evitá-las, pareceu um rato pego pela chuva.

Sem pedir desculpas, Bordo falou duramente com Hank.

— Então, continue o que você estava falando antes. Por que Bill não pôde vir?

Hank tomou um grande gole da cerveja e depois pegou um punhado de amendoins e os jogou na boca. Mas deixou metade cair.

— Bill está ocupado com a pousada...

Ele comia fazendo tanto barulho que não dava para ouvir nada com clareza.

— Pousada, que papo furado. Nunca tem ninguém na pousada dele.

— Isso em épocas normais. Mas agora está sendo usada como alojamento para os humanos. — Hank soltou um longo arroto antes mesmo de terminar de falar. Um cheiro de ovo podre e outro de esgoto pairaram no ar ao mesmo tempo, e Serin tampou o nariz. — Mas parece que ele está preocupado, porque algumas pessoas desapareceram de repente.

Ela não tinha intenção de escutar, mas a notícia inesperada a fez virar a cabeça. A voz era tão alta que não dava para não ouvir, mesmo que quisesse.

— Será que não voltaram para casa? — perguntou Bordo, com tom de quem não estava nem aí.

— Parece que costumam ficar até o final da estação das chuvas. Desapareceram e deixaram toda a bagagem para trás.

Hank enfiou o dedo na boca e tirou do meio dos dentes restos de comida sabe-se lá de quanto tempo atrás. Um grande pedaço de espinafre caiu bem ao lado de Serin.

— Devem estar jogando no cassino do Grom, isso, sim. Não são poucas as pessoas que não conseguiram voltar para casa por causa disso, sabia?

— Mas Bill ainda está vigiando, caso eles venham buscar a bagagem. — De qualquer forma, o problema é que Bill é bonzinho demais.

Bordo estava prestes a se virar quando encontrou Serin tardiamente, com apenas a cabeça visível sobre a mesa.

— E por que você ainda não foi embora? — Ele ergueu uma concha com motivos florais para Serin como se fosse uma arma ameaçadora. — Se terminou o passeio, dê o fora. Estou ocupado agora.

— É que… eu vim buscar a esfera.

— Esfera?

Bordo coçou a nuca com a concha, murmurando baixinho:

— Onde que eu deixei isso mesmo… — E então, voltou a falar com ela: — De qualquer forma, estou ocupado agora. Volte mais tarde.

Então, sem sequer dar a Serin a chance de dizer algo, saiu com passos largos.

— Dá um tempo pra ele. Em breve vai ter um festival na loja. Entre todas as competições, a de Guerra de Comida daqui é a mais famosa — disse Hank, que já estava com cara de bêbado.

Enquanto Hank soluçava uma vez, o chão começou a tremer de repente, como se fosse um terremoto.

— Lá vêm eles.

Goblins gigantes, tão grandes que faziam a porta parecer estreita, entraram correndo de uma só vez. Suas expressões eram tão ferozes que pareciam ter vindo para uma competição de fazer cara feia, e não de Guerra de Comida.

Entre eles, o goblin com a cara mais brava de todas bateu na mesa.

— Bordo! Por que a comida não saiu? Você deveria ter se preparado com antecedência.

Nesse momento, Bordo saiu da cozinha segurando uma bandeja cheia de comida com as duas mãos.

— Temperamental como sempre, Dunkey. Vê se não vomita no meio da refeição, como da outra vez.

Seu rosto já feio se amassou como um pedaço de papel.

— Hunf, vai ser diferente desta vez, viu? Mas... cadê o Bill?

Desta vez, o rosto de Bordo se contraiu.

— Aquele desgraçado não veio porque teve que trabalhar.

Dunkey riu alto como se tivesse acabado de ouvir a piada mais engraçada do mundo.

— E agora? Não teremos Bill, o orgulho do restaurante dos irmãos Bordo. Está na cara que o restaurante do Dunkey vencerá este ano.

O grupo de goblins ficou barulhento.

— Do que você está falando? A vitória será da nossa companhia Roland. — disse um goblin com a barriga saliente, que até caía para fora das calças.

Serin achou que ele era definitivamente o favorito para vencer, mas mudou de ideia quando viu o goblin de duas cabeças ao lado.

Enquanto Serin ia mudando de opinião a cada minuto, terminaram os preparativos e a competição estava pronta para começar.

Exceto pela mesa com o nome "Bill", havia carne empilhada em todas as mesas, tanto que as pessoas comuns ficariam enjoadas só de olhar. Diante da carne, os goblins estavam tão sérios que tinham expressões solenes, como guerreiros indo para combate.

Os goblins que estavam bebendo em seus respectivos lugares também se reuniram com os copos de cerveja nas mãos. Houve um murmúrio, mas gradualmente ficou quieto. Todos olharam para o sino na mão de Bordo e esperaram pelo sinal. Foi no momento em que Bordo estava prestes a sinalizar a largada com tudo.

— Um momento!

A voz não era tão alta, mas foi o bastante para quebrar a atmosfera tensa. Todos os goblins voltaram os olhos para Serin.

— Posso participar também?

Houve silêncio por um momento. Então, quando um deles caiu na gargalhada, os outros também começaram a rir muito alto. Alguns chegaram até a lacrimejar. Bordo também teve dificuldade para respirar porque ria com a boca tão aberta que sua úvula ficava visível. Serin acrescentou rapidamente, antes que Bordo perdesse o fôlego de vez:

— Se eu pagar uma moeda de ouro como taxa de participação, poderei pegar a esfera?

— *Você* pretende *mesmo* entrar nisso aqui? — perguntou Bordo, com dificuldade.

— Sim, há um assento vazio de qualquer maneira.

Dunkey também sorriu maliciosamente e acrescentou umas palavras.

— Agora, sim. Temos uma forte candidata à vitória.

O goblin barrigudo, que mal conseguiu controlar o riso com essas palavras, ficou completamente para trás desta vez. Serin teve que cobrir os ouvidos por causa da risada dos que irromperam novamente.

Em um ambiente barulhento, alguém sugeriu colocar Serin no lugar de Bill. Claro, todo mundo estava dizendo isso apenas para rir. Bordo não fez questão de quebrar o clima.

— Tudo bem, vou cobrar apenas uma moeda de ouro como taxa de participação. Só para avisar, receberá cem moedas de ouro se vencer. Não que você vá vencer...

Serin sentou-se na frente da mesa com a ajuda de Hank. Olhando de perto, constatou que havia mais carne do que Serin já tinha comido em toda a sua vida. O arrependimento veio tarde, mas quando se deu conta, o sino já havia tocado.

Tlim, tlim, tlim.

Logo, a loja toda foi preenchida com o som de goblins mastigando. Serin também começou a comer desesperadamente. Como ela não tinha comido nada, além de tomar chá no jardim, engoliu as carnes sem mastigar muito. Serin comeu até quase vomitar. Ao lado dela, o goblin de duas cabeças devorava as carnes em alta velocidade.

— Isso é tão injusto! — gritou Serin, sem perceber. — São praticamente duas pessoas!

Bordo cutucou o nariz e depois limpou as mãos no avental.

— Essa também é a regra. Se puder passar por aquela porta, pode formar um time com quantas pessoas quiser. Se você se sente tão injustiçada, por que não traz alguém com você também?

Inesperadamente, Serin respondeu com confiança:

— Sendo assim, então eu já tenho um time!

— Hein? Onde?

Bordo olhou em volta e depois, embaixo da mesa. De fato, havia algo se contorcendo ali. Era um gato tão pequeno que ninguém conseguiria vê-lo se o colocassem no bolso. Bordo apontou para ele com o dedo manchado de vários condimentos.

— Você está falando desse gato de rua abandonado?

— Ele não é um gato de rua, é o Issha! — Serin se indignou, como se tivesse sido insultada. — Issha está sempre ao meu lado. Então, somos um time, sim!

Bordo franziu as sobrancelhas, pegou uma anchova que sobrara da fervura do caldo e a jogou para o gato. Issha parecia achar difícil comer até aquilo. Então, ele agarrou com as patas dianteiras a anchova, que estava meio que saindo de suas bochechas já cheias, e se esforçou para mastigar. Bordo bufou. Quando o muco amarelo vazou do seu nariz por causa disso, ele se limpou com o avental, como da outra vez.

— Ok, então, boa sorte pra vocês. Mas não resta muito tempo. É melhor se apressarem.

— Jura? — perguntou Serin, enquanto olhava para as costelas refogadas à sua frente, que mal dava para ver que alguém já começara a comer, pois estavam praticamente intocadas.

— Escuta aqui, nós não mentimos como os humanos, vai logo e começa a comer. Ou pretendem terminar só na próxima estação das chuvas?

Outros goblins riram alto novamente. O rosto de Serin ficou vermelho e ela se levantou da cadeira. Quando Serin saiu do lugar, todos pensaram que ela estava desistindo. Mas Serin não foi muito longe e se aproximou de Hank. Então, apontou para um armário preso à parede.

— Hank, você pode me colocar ali em cima?

— Naquele armário?

Hank verificou se tinha ouvido corretamente.

— Sim.

Hank olhou o armário outra vez. Estava cheio de tigelas contendo vários temperos e condimentos.

— Não me diga que está querendo temperar a carne agora?

— Não, é difícil explicar em detalhes agora. Vamos logo.

Quando Serin o incentivou, Hank baixou a palma da mão sem fazer mais perguntas. Serin chamou Issha enquanto subia na mão de Hank.

— Issha, vem cá.

Issha engoliu depressa a anchova que estava em sua boca e correu para os braços dela.

— Bem, honestamente, eu não queria fazer isso, mas não tem outro jeito.

Serin segurou Issha e fez contato visual com ele.

— O que Durov disse sobre você quando nos conhecemos está certo mesmo?

— Miau.

— Esta não é a única maneira de usar suas habilidades em todo o seu potencial?

— Miau.

— É seguro de verdade, certo?

Serin perguntou várias vezes querendo se certificar. Mas a resposta de Issha era a mesma. Enquanto trocavam perguntas e respostas, a mão de Hank também se moveu lentamente e logo chegou ao armário.

Serin pousou em segurança entre o molho de soja e o pimenteiro e olhou para baixo. Sentiu vertigem, como se estivesse no topo de um prédio bem alto. Serin respirou fundo.

Abaixo, os espectadores olhavam para ela. Bordo ainda estava cutucando o nariz e Hank continuou acariciando a barba, com uma expressão ansiosa. Até os goblins que estavam ocupados enfiando carne na boca olharam de soslaio.

— Issha, você está pronto? — perguntou Serin, enquanto o levantava acima de sua cabeça.

— Miau!

Issha miou alto sem hesitação. Serin fechou os olhos com força e o soltou.

Ninguém esperava pelo que aconteceu a seguir.

Alguns goblins se levantaram de seus assentos e derrubaram as cadeiras. Serin abriu os olhos e observou Issha, que havia caído. Felizmente, ele pousou em segurança no chão e inflou seu corpo cada vez mais. Foi a velocidade mais rápida que Serin já tinha visto. Issha não apenas ultrapassou a altura dos goblins, como também cresceu tanto que sua cabeça quase tocou o teto.

Ao mesmo tempo, a sala ficou em silêncio absoluto.

Alguém deixou cair um copo de cerveja, mas ninguém prestou atenção.

Bordo havia enfiado o dedo tão fundo no nariz que escorria sangue de sua narina direita, e Hank estava acariciando o cabelo do goblin sentado à sua frente, em vez da própria barba. Os goblins que bebiam cerveja botaram tudo para fora, e os que comiam a carne nem perceberam que o que mastigavam estava saindo de suas bocas. Todos eles ficaram boquiabertos e continuaram assim. Apenas Serin mostrou um sorriso confiante na vitória.

Ela gritou alto o suficiente para que todos os goblins ouvissem:

— Come tudo de uma vez, Issha! Vai!

EPISÓDIO 14:
A LOJA DE CURIOSIDADES DE PANGKO

Como Issha engoliu não apenas a carne, mas também a mesa e o prato de uma só mordida, Serin teve que pagar muitas moedas de ouro. Mas isso não importava muito, já que ela ainda tinha bastante dinheiro. Além disso, tinha ainda as moedas de ouro recebidas como prêmio.

Serin e Issha carimbaram suas mãos e pés lado a lado, adicionando seus nomes à Calçada da Fama dos Goblins. Bordo, que estava atrás deles, deu um tapinha no ombro de Serin.

— Ei, garota. Mandou bem, hein? Graças a você, nosso restaurante defendeu o título de campeão este ano.

Serin ficou feliz pelo reconhecimento, mas ao mesmo tempo desconfortável, sabendo que os dedos de Bordo faziam idas e vindas frequentes ao nariz.

— E finalmente lembrei onde deixei a esfera.

Quando Bordo tirou o chapéu, por incrível que parecesse, havia uma esfera vermelha ali dentro.

— Mano, como você é burro. — Um goblin com plaquinha com o nome Bormo no peito falou enquanto saía caminhando.

Era o goblin parecido com Bordo que ela tinha visto na entrada. Pelo jeito, estava na cozinha esse tempo todo, já que não o vira mais desde então.

— Isso tudo é por sua causa. — Bordo fez questão de apontar o dedo.

— Você rouba tantas lembranças humanas para colocar na comida que até minha memória piorou por causa disso. Lembra que o chefe disse pra trazer só o suficiente?

Seu irmão mais novo, Bormo, recuou para evitar que o dedo de Bordo o tocasse.

— Mano, o que trago são lembranças ruins que os humanos querem esquecer. Se não fosse por mim, os humanos teriam que viver enchendo a cara pra sempre, sabia?

Ele parou por um momento depois de dizer a última palavra.

— Claro, há momentos em que pego lembranças humanas importantes que ficam meio esquecidas... mas só de vez em quando. — Bormo fez um movimento de pinça, com o polegar e o indicador quase se tocando. — Mas você é mais problemático do que eu.

— O que tem eu?! — gritou Bordo.

— Você pega as lembranças antigas dos humanos e eles não se lembram da infância. Eu ainda me lembro de quando vim ao mundo e de quando dava meus primeiros passinhos.

Bordo repreendeu seu irmão mais novo, falando que ele não sabia o que dizia.

— Idiota, você acha que os humanos darão à luz e criarão bebês se deixarmos isso intacto? Justamente por eu roubar esse tipo de memória é que eles se casam e têm filhos, sem saber o quão difícil é criá-los. Somente se os humanos continuarem a nascer assim poderemos continuar a roubar memórias.

Bormo ficou surpreso outra vez.

— Está falando sério que você pensou tão longe?

— Mas é claro. Os humanos deveriam nos agradecer. Se não fosse por nós, eles já teriam desaparecido há muito tempo — disse Bordo com orgulho, cutucando os pelos que saíam por sua narina.

Eles bateram um na palma da mão do outro, concordando pela primeira vez. Mas logo Bormo franziu a testa e correu para a cozinha para lavar as mãos.

Serin se levantou rapidamente, antes que Bormo voltasse e eles começassem a brigar outra vez.

— Então, usarei bem a esfera.

— Hum, espera um pouco. Você tem que levar a comida com você.

Bordo também se levantou de seu lugar apressadamente e estendeu o saco plástico que Bormo deixara para trás agora há pouco. O saco continha pão de alho e azeite.

— Aqui, pegue. Eu criei isso roubando lembranças de bebês humanos.

Quando Bordo tentou pegar o pão com as próprias mãos enquanto explicava, Serin se assustou e agarrou o saco depressa.

— Obrigada, vou comer com carinho.

Despedindo-se de Bordo, que cutucou o nariz de novo, e de Bormo, que saiu apressado segurando um pano de prato na mão, Serin passou pela imensa porta e seguiu adiante.

Em um quarto tranquilo de hotel com atmosfera exótica, um homem estava deitado de bruços sobre a mesa.

Garrafas de vinho vazias rolavam sobre a mesa bagunçada e uma taça de vinho quebrada tinha sido perigosamente deixada no chão.

Parecia que o homem a deixara cair enquanto dormia.

Serin analisou o homem com cuidado. Dava para ver um dos lados de um caderno, debaixo das axilas dele. A caligrafia era péssima, como se tivesse sido escrito enquanto bêbado, mas, felizmente, ela conseguiu ler.

Parecia um diário.

Hoje, recebi a notícia de que meu primeiro amor vai se casar.
Eu pensei que tinha superado.

Mas então por que meu coração dói tanto?
Achei que poderia esquecer tudo se vivesse uma vida ocupada e agitada. Eu acreditei tanto nisso...
E por que será que o tempo passou tão rápido assim?
Esta era mesmo a vida que sonhei?
Foi realmente bom eu ter terminado com ela para viver meu sonho?

Serin não resistiu. Tirou com delicadeza o caderno de baixo da axila do homem e passou para a próxima página. Então, um celular caiu junto com o diário. A bateria estava acabando, mas a tela para a qual o homem olhava antes de pegar no sono ainda estava ligada.

Nas fotos dos meus amigos, tudo que vejo são as imagens felizes deles com alguém.
Tudo que me resta é solidão e desolação.
Com o que devo preencher o vazio do meu coração?
Hoje sinto especialmente saudade dela.
Por que eu não me dava conta da importância dela naquela época?
Por que me arrependo agora?
Se ao menos eu pudesse voltar no tempo e segurá-la em meus braços...
Se ao menos eu pudesse estar com ela novamente...

As próximas linhas eram ilegíveis, pois estavam manchadas de lágrimas. O homem chamou desesperadamente pelo nome de alguém enquanto dormia. As lágrimas se espalharam cada vez mais pelo diário.

● ● ●

Serin abaixou lentamente a esfera vermelha. Notando que ela ficou muito tempo imóvel, Issha lambeu seu rosto.

— Issha...

Mesmo não tendo nada a ver com ela, uma parte do seu coração sentiu como se tivessem colocado uma pedra sobre ele. A profunda solidão que sentiu na carta não cessava.

Serin acariciou o gato, que esfregava a cabeça em seu peito.

— Sinto muito por pedir tantas vezes… quero trocar por uma esfera diferente desta que tenho agora. Eu quero me casar com meu verdadeiro amor.

Então, ela timidamente acrescentou:

— Acho que o primeiro amor seria melhor.

As bochechas de Serin ficaram vermelhas ao se lembrar do colega da aula de taekwondo.

Só depois de se esfregar na bochecha de Serin mais algumas vezes, Issha pulou de seus braços. Já acostumada, a jovem o seguiu com tranquilidade.

As casas gigantes foram diminuindo até voltar ao tamanho normal. Em contraste, pareciam até de brinquedo agora, de tão pequenas. Um olhar mais atento mostrou a Serin que na verdade eram exatamente isso: casinhas de brinquedo.

Coisas que pareciam tijolos eram blocos de Lego com os quais ela brincava quando criança, e coisas que pensava serem telhados eram pedaços de chocolate.

Issha entrou em uma delas e deu uma mordida na porta feita de biscoitos. Isso aconteceu sem que Serin tivesse tempo de impedir. Serin correu até a casinha de brinquedo, preocupada com a possibilidade de ter que pagar um preço alto pela porta.

A casa estava cheia de bonecos de palhaços e balões. Parecia uma loja de parque de diversões. Tinha também todos os tipos de brinquedo. As coisas que Serin tanto queria quando era mais nova estavam amontoadas em cada vitrine.

De repente, um dos bonecos de palhaço se mexeu. Ela achou que fosse um boneco porque estava parado ali sem piscar, mas descobriu que era um goblin vivo. Os outros pareciam bonecos de verdade, pois permaneciam imóveis.

— É sua primeira vez aqui?

O goblin usava óculos com nariz e bigode e segurava uma língua de sogra enrolada entre os dentes. O vaivém da língua de sogra distraía Serin a todo instante.

— Seja bem-vinda. É um prazer tê-la aqui, pequena humana.

Do nada, o goblin estourou fogos de artifício. Ao lado dele, um macaco-robô de corda bateu os pratos nas mãos e caiu sozinho. Foi uma recepção bem simples.

— Obrigada. Eu vim buscar a esfera — disse Serin, sacudindo os polens das flores do ombro.

— Ah, entendo. Eu me chamo Pangko. Aproveito a curiosidade humana para criar brinquedos. Pode dar uma olhada com calma.

Temos muitas coisas divertidas e interessantes aqui.

Pangko apontou para as prateleiras espalhadas por toda parte.

— E a esfera está aqui...

Quando olhou para trás, o goblin pareceu assustado e perdeu o fôlego. Ele não conseguiu continuar falando e até deixou cair a língua de sogra que segurava na boca o tempo todo.

— Tenho certeza de que deixei bem aqui...

Pangko se agachou até deixar seu calção à mostra e olhou para o chão. Mas, no final, não conseguiu encontrar a esfera, e uma expressão de confusão ficou evidente em seu rosto. Serin já estava preocupada com a possibilidade do tal ladrão ter passado por ali.

— Maldito seja!

De repente, Pangko ficou com raiva. Ele parecia ter notado alguma coisa.

— Você também está dando falta de algo?

Pangko arrancou os poucos fios de cabelo que restavam na lateral da cabeça.

— Sinto muito, eu deveria ter guardado melhor...

— Não, imagina. Mas você sabe quem pode ter feito isso?

— Bem... acho que meu neto, que veio me visitar há pouco tempo, pegou escondido. Ele tem o péssimo hábito de mexer nas coisas dos outros. É tudo culpa minha.

Pangko tirou os óculos por um momento para enxugar os olhos úmidos. Surpreendentemente, os óculos que Serin pensava terem nariz e bigode eram óculos comuns, e o nariz e o bigode eram dele mesmo.

Serin se esforçou para fingir que estava calma e perguntou:
— Então, você sabe onde ele está?
— Provavelmente no ferro-velho que era do pai dele. É tudo culpa minha por não ter dado atenção direito a ele...

Serin tentou, mas não conseguiu impedir Pangko de bater a cabeça no canto da vitrine repentinamente.
— Não, está tudo bem. Issha está comigo e podemos tentar procurar.
— Mas, mesmo assim, eu não deveria dar esse trabalho aos clientes... A culpa é minha mesmo e...
— Está tudo bem, de verdade. Issha tem um olfato muito bom e ele vai conseguir encontrar rapidinho. Não é mesmo, Issha?
— Miau! — respondeu o gato com confiança, como se fosse óbvio.
— Acho que só viemos até aqui porque a esfera sumiu faz pouco tempo. Mas vamos encontrá-la, ok? Não se preocupe.

Cheio de lágrimas nos olhos, Pangko olhou para Serin.
— Então, você me perdoa?
— Claro. Aliás, nem tem o que perdoar.

Pangko soluçou como se tivesse recebido um grande gesto de bondade. O lenço que ele estava segurando molhou tanto que ficou encharcado.
— Haku é um coitado que perdeu os pais quando era pequeno e cresceu solitário. Eu cuidei dele sozinho ao mesmo tempo em que gerenciava a loja, mas acho que não foi o suficiente. Como resultado, alguns humanos ainda gostam de brinquedos, mesmo depois de se tornarem adultos, porque não fui capaz de trazer curiosidade humana o bastante... Isso tudo é culpa minha também.

Serin fez o goblin, que estava prestes a se levantar, se sentar de volta.
— Você não fez nada de errado. Se acontecer alguma coisa, vou perdoar tudo, ok?

Pangko ficou mais uma vez tão emocionado que derramou lágrimas quentes.

— Não sei nem dizer o quanto estou grato.

Serin se perguntou se ela era realmente digna de perdoar. Porém, decidiu que acalmar Pangko era a prioridade. Felizmente, ele recuperou a calma aos poucos.

— Ok, então vou indo.

Serin se levantou rapidamente. O goblin colocou de volta os óculos com nariz e bigode, ou melhor, os óculos comuns, e seguiu Serin até a entrada.

— Você salvou a minha vida.

Na porta, Pangko fez uma mesura tão profunda que quase caiu no chão. Serin se esforçou para retribuir à altura.

— Não salvei, mas por favor, se cuide.

Então Serin pôde ir, mas não sem antes olhar várias vezes para trás pra ter certeza de que ele estava bem.

EPISÓDIO 15:
O FERRO-VELHO DE HAKU

Encontrar Haku não foi tão difícil.

O lugar ao qual Issha guiou Serin era um ferro-velho cheio de sucata. No entanto, o muro que cercava o exterior parecia completamente sem manutenção e o chão de terra estava coberto de mato. Além disso, havia um odor forte. A placa antiga tinha "Ferro-velho" escrito em letras borradas, mas era mais correto presumir que se tratava de um aterro sanitário.

Em um espaço tão grande que não se via o fim; todos os tipos de objetos se amontoavam, formando montes aqui e ali. Alguns eram tão altos que realmente seriam necessários botas de montanhismo e um longo cajado para se chegar ao topo.

Serin se perguntou como encontrar Haku... Ainda bem que tinha Issha. Mas, por mais que fosse esse o caso, desta vez, não pareceu fácil encontrá-lo por causa do mau cheiro. Issha já estava circulando no mesmo local várias vezes.

— Tem certeza de que é aqui mesmo, Issha? — perguntou, enquanto olhava para uma caverna que parecia uma toca de coelho sob uma pilha de lixo.

— Mia... u...

O miado de Issha saiu mais baixo do que de costume.

— No final, acho que vamos ter que descer e ver, não é mesmo?

Serin desceu até a caverna à frente de Issha, que estava tão desanimado que seu rabo estava para baixo.

O interior da caverna estava escuro como breu.

Primeiro, Serin tirou uma esfera qualquer que lhe veio à mão da bolsa de goblin. Não era tão potente quanto uma lanterna, mas o suficiente para enxergar à frente. Porém, isso não significava que o medo ou o mau cheiro tinham desaparecido. Pelo contrário. O cheiro foi ficando cada vez mais intenso e Serin teve medo de que as paredes — seja lá do que fossem feitas — desabassem a qualquer momento.

Além disso, a caverna era estreita o suficiente para apenas uma criança passar. O chão era plano e tinha uma largura consistente, então parecia que alguém o tinha escavado de propósito, em vez de ter sido criado naturalmente. Serin tentou andar agachada, mas, no final, teve que rastejar rente ao chão.

Felizmente, era menor do que tinha imaginado.

No final, havia uma pequena sala onde ela podia esticar as costas e uma luz pálida saía de lá. Era a mesma luz da esfera que Serin segurava. A ideia de encontrar a esfera deu força às suas pernas.

Em uma salinha, um pequeno goblin estava sentado no canto, envolvendo as pernas num abraço. Sua expressão era triste. Ele não usava nada por cima, ou porque estava quente, ou por nunca ter chegado a se vestir mesmo, e usava apenas uma gravata borboleta caindo aos pedaços. Suas calças estavam tão sujas que, se as tirasse, seriam indistinguíveis de trapos.

O goblin estava tão absorto em seus pensamentos que não percebeu Serin entrar na sala e apenas olhava fixamente para a esfera colocada na frente de seus pés. A luz da esfera preenchia todos os cantos da salinha.

— *Hamham.*

Serin pigarreou alto de propósito. Só então o goblin percebeu a presença de outra pessoa e virou-se para Serin. Um instante depois, ele ficou muito surpreso.

Mais surpresa ainda ficou Serin, porque o goblin gritou muito alto. Até sua voz ficar rouca. No entanto, ele não largou a esfera.

Antes de qualquer coisa, Serin tentou tranquilizar o goblin, que ficou com os olhos arregalados igual a um coelho.

— Ei, ei. Fique calmo. Meu nome é Serin. Estou em busca da esfera. Sua casa é tão... Como posso dizer... — Serin conseguiu encontrar com muito esforço uma palavra plausível. — Muito aconchegante...

O goblin ainda deu um passo para trás com uma expressão assustada no rosto, mas logo foi bloqueado pela parede da sala estreita. O goblin, que estava inquieto, colocou a esfera dentro das calças para escondê-la, mas a luz ainda vazava pelos buracos.

Serin também não soube o que fazer e ficou sem tomar qualquer atitude. O impasse estranho entre eles continuou.

O que é aquilo?

Nesse momento, algo chamou sua atenção. Era uma foto colocada no local onde o goblin estivera sentado ainda há pouco. Embora tenha sido rasgada em vários pedaços, o pedaço maior ainda tinha um rosto reconhecível.

Um goblin usando um fone de ouvido grande, com as bochechas cheias de sardas. Era Mata, o goblinzinho que Serin encontrara na livraria.

Só então Serin se lembrou por que o nome desse goblin era tão familiar. Serin rapidamente chamou o goblin, que estava cavando um buraco para escapar para o outro lado.

— Eu conheço o Mata.

Prestes a enfiar a cabeça no buraco recém-criado, o goblin parou por um instante.

— Conhece?

Serin não deixou escapar o olhar momentâneo de alegria que passou pelo rosto do goblin. No entanto, ele tentou fazer uma expressão de raiva.

— Bem, não interessa porque eu não conheço ninguém com esse nome!

Mesmo dizendo aquilo, ele não tentou mais sair da caverna. Apesar de estar de costas, com certeza, estava prestando atenção ao que Serin falava.

— É claro que conhece. E saiba que o Mata considera um amigo, Haku, não importa o que você pense.

Serin observou a reação do goblin. Aquilo realmente surtiu um efeito. Haku lentamente olhou para trás.

— Mata jogou fora o presente que dei pra ele assim que recebeu. Era uma lata vazia que foi difícil de encontrar. E ainda era uma lata centenária, que foi feita no ano em que ele nasceu...

Os pequenos ombros de Haku estavam tremendo. Serin falou em nome de Mata, que estava ausente.

— Com certeza, ele deve ter entendido errado. Mal-entendidos podem acontecer com todos às vezes. Quando conheci Mata, ele me disse que sente muito a sua falta.

— É sério?

Serin assentiu.

— Na hora ele pensou que você estava pedindo para jogar a lata fora, porque ele não consegue ouvir bem, não entendeu que era um presente... — Haku arregalou os olhos. — Você disse que eram amigos e só descobriu isso agora?

— O quê? Mas é que...

Olhando para a reação dele, tudo fez sentido.

— Viu só? Você entendeu tudo errado.

Serin olhou em volta e encontrou um grande aparelho de som montado na parede.

— Na minha opinião, ele teria ficado mais feliz se você tivesse dado de presente aquele aparelho de som em vez de uma lata vazia. E se quiser dizer algo importante, experimente escrever uma carta ou um bilhete. Para facilitar a comunicação. Aí, o Mata também vai entender seus sentimentos.

Haku ouviu as palavras de Serin e falou, quase chorando:

— Você é realmente uma pessoa legal, hein? — Haku enxugou as lágrimas com um lenço que parecia já ter sido usado diversas vezes, assoou o nariz e estendeu a mão encardida. — Meu nome é

Haku, como você já sabe. Eu... Eu faço uma coisa com o coração das pessoas...

Haku abafou o resto de suas palavras, apesar de sua pronúncia não ser ruim.

— Que coisa?

Quando Serin pediu que ele repetisse, o rosto de Haku ficou vermelho. Ele estava envergonhado.

— Eu viro o coração das pessoas do avesso.

Haku falou um pouco mais alto do que o som dos passos de uma formiga. Felizmente, deu pra ouvir as últimas palavras um pouco melhor.

— Eu estava me sentindo muito sozinho. Então, fiz as pessoas terem cada vez mais vontade de fazer algo justamente quando são impedidas. E quando finalmente podem fazer, fiz com que a vontade passasse — explicou Haku em voz baixa, como se tivesse cometido um grande pecado. — Claro que você não vai entender, mas...

— Não, eu entendo um pouco.

Serin sentou-se com as pernas juntas, como Haku fez no início.

— Eu também entendo um pouco sobre a solidão. Eu não tenho amigos, sabe?

Haku tentou dizer algo reconfortante, mas não soube o que falar e acabou ficando de boca fechada.

— Ou melhor, eu tive há muito tempo. Minha irmã mais nova era minha melhor amiga, mas agora ela não está mais aqui. Nem sei onde ela está...

Quando Serin ficou triste, Haku a princípio pareceu não saber como agir. Até que por fim se levantou, se afastou e então voltou com uma pequena presilha de cabelo.

— Aqui.

Serin ficou olhando sem pensar muito para o presente repentino do goblin e ficou chocada, como se tivesse levado um tapa na nuca.

— O que é isso?!

Mais uma vez, Haku não conseguiu levantar o rosto, como se tivesse se tornado um criminoso.

— Na verdade, estou trazendo em segredo objetos humanos também. Sabe...essas coisas que as pessoas têm certeza de que deixaram em algum lugar, mas que somem por completo? Sinto muito. É tudo obra minha.

A cabeça de Haku baixou cada vez mais, e ele estava quase cavando um buraco no chão para se enterrar. Serin agarrou a mão dele antes que pudesse fazer isso de fato.

— Obrigada, esta presilha era a minha favorita muito tempo atrás.

Serin tocou o adesivo em forma de borboleta colado à presilha de metal preto.

— Pensando bem, acho que briguei muito feio com minha irmã mais nova depois que isso desapareceu. Porque achei que ela tinha pegado minhas coisas sem me pedir. A gente tem o mesmo tamanho e gostos parecidos também. Então, brigávamos muito por causa de roupas e acessórios. Quer dizer... pelo visto eu a julguei mal.

Os olhos de Serin ficaram vermelhos, e lágrimas escorreram por seu rosto. Haku estava prestes a entregar o lenço com que havia assoado o nariz antes, mas redirecionou a mão e tirou a esfera que havia colocado dentro das calças.

— Aqui.

Quando Haku estendeu a esfera, Serin fungou o nariz uma vez e olhou para ele.

— Compre a presilha por apenas uma moeda de ouro. Então, você pode levar a esfera.

Ao ver Serin hesitar, o próprio Haku tirou uma moeda de ouro do bolso dela e colocou a esfera ao seu lado.

— Obrigado. Se não fosse por você, eu teria odiado e interpretado mal Mata durante toda a minha vida. Tenho que ir ver Mata agora mesmo. Você sabe onde é a saída, certo?

Serin assentiu sem dizer nada.

— Então, a gente se vê depois.

Haku entrou pelo buraco que cavara antes para escapar de Serin e volto logo depois, como se tivesse se esquecido de algo importante.

— Quase esqueci isso.

Ele puxou o grande aparelho de som da parede com toda a força. A caverna tremeu muito por causa disso, mas, felizmente, não desabou.

— Agora, sim. Tchau.

Depois de sua última despedida, Haku desapareceu pelo buraco. As paredes da caverna, já precárias, pareciam agora ainda mais instáveis sem o apoio do aparelho. Mesmo que não desabasse, Serin não queria mais ficar ali. Ela pegou a esfera que Haku deixou para trás e saiu com pressa.

Difícil saber desde quando, mas do lado de fora chovia e ventava, e estava tão escuro que não dava para ver um palmo diante do nariz. Houve um som de trovão, e um raio atingiu um vergalhão de ferro espetado numa pilha de lixo.

Serin se assustou e caiu sentada, batendo o bumbum no chão. Não foi só por causa do trovão. Mas por causa de uma sombra grande, projetada pela luz do raio. Era uma forma de aranha tão grande quanto a montanha de lixo.

— Ooooh…

A sombra se aproximou lentamente de Serin, com um líquido pegajoso escorrendo da boca.

Serin não conseguiu decidir o que era mais assustador, se voltar para a caverna de onde acabara de sair e ser esmagada por uma pilha de lixo ou ser capturada por aquele monstro.

Então, algo surgiu na frente de Serin.

Era Issha. Instantaneamente, ele se transformou em lobo, torceu o nariz e rosnou alto. Ao ver aquilo, o monstro não conseguiu se aproximar mais e parou de se mover. Os seis olhos na cabeça dele passaram a olhar de Serin para Issha.

Houve mais um trovão e um raio caiu. Usando isso como um sinal, Issha atacou o monstro, que o fez voar para longe com apenas uma de suas oito pernas.

Tum!

O som do animal batendo em algum lugar pôde ser ouvido com clareza mesmo com o barulho da chuva. Mas, antes que Serin pudesse olhar para ele, o monstro deu um passo à frente. Quando Serin deu um passo para trás, pisou em uma poça de água da chuva e escorregou.

A cabeça da aranha chegou tão perto do rosto de Serin que ela pôde sentir sua respiração.

— Vá embora, seu monstro!

Serin virou a cabeça e fechou os olhos com força.

Mas nada aconteceu. Será que a criatura tinha entendido o que Serin dissera?

Quando ela abriu os olhos bem de fininho, Issha estava mordendo a pata traseira do monstro. A aranha balançou as pernas ruidosamente, como se estivesse irritada, mas Issha fechou a boca com força e não soltou.

— Issha!

O monstro, que a princípio parecia estar lidando com um mosquito irritante, começou a se debater cada vez mais quando viu que Issha não o soltava de jeito nenhum. Em uma de suas pernas, a saliva de Issha e o sangue verde fluíam junto com a água da chuva. No final, a aranha acabou batendo o corpo inteiro em uma pilha de lixo.

— Miaaaau...

Um gemido escapou da boca de Issha junto com sangue vermelho-escuro. O gato-lobo acabou tombando no chão junto com uma das pernas que tinha arrancado do monstro.

A forte chuva lavou o sangue de Issha, que, coincidentemente, foi direcionado para Serin.

— Issha, não!

Serin gritou com toda a força, mas ele ficou imóvel, como se tivesse caído em um sono profundo. O monstro já estava pronto para atacar se Issha se levantasse outra vez. Mas, no fim, ele não conseguiu se levantar.

Depois de confirmar que Issha estava inconsciente, a aranha foi mancando com suas sete pernas instáveis em direção a Serin.

Mas ela não conseguia tirar os olhos do amigo.

— Levanta, Issha...

Algo, que não se sabia se era chuva ou lágrimas escorreu pelo seu rosto. O monstro estava diante dela em um instante, mas Serin não fugiu. Ela apenas olhou para Issha, caído, como se não estivesse nem aí para aquela criatura horrenda. O monstro ergueu bem alto suas enormes garras. Era o fim.

— Fique tranquila, senhorita.

Serin pensou que estava tendo alucinações. Talvez a água da chuva tivesse entrado em seus tímpanos, ou o som do trovão ainda ressoasse em seus ouvidos. Talvez ela tivesse perdido a consciência e estivesse sonhando.

Serin olhou para o local de onde ouviu a alucinação sonora.

Não se sabe desde quando, mas um goblin familiar estava parado ao seu lado. Não conseguia ver o rosto dele em detalhes porque ele estava usando um guarda-chuva, mas segurava uma xícara de café em uma das mãos. Mesmo naquela situação dramática, ele tomou um gole de café com tranquilidade e falou:

— Não posso permitir que você ameace meus clientes.

Serin lembrou-se facilmente da voz do goblin. Ela não parecia ser a única que ficara surpresa. O monstro também parecia ter sido surpreendido com a aparição repentina. Então, mudou de alvo e desferiu um golpe com suas garras contra ele.

Mas as estátuas atrás do goblin foram mais rápidas e partiram para cima da aranha. Pelo menos dez animais diferentes a atacaram, arrancando suas pernas e furando seus olhos.

Como uma minhoca atacada por formigas, o monstro desmoronou aos poucos, perdendo toda sua força.

Num instante, a aranha gigante se desintegrou e ficou irreconhecível. O goblin, que estava assistindo àquilo com serenidade, virou-se lentamente para Serin.

— Você está bem, senhorita Serin?

Durov abriu um grande sorriso, revelando o bigode sob o guarda-chuva.

EPISÓDIO 15:
O CASSINO DE GROM

— Estou. — Serin levantou-se com o apoio de Durov. — Mas Issha...

Serin não suportou continuar falando enquanto olhava para Issha, que ainda estava no chão. Ela correu em direção a ele, cambaleando como se fosse cair. De repente, os bichos-estátua estavam ao redor do gato, lambendo-o.

Felizmente, Issha ainda respirava e suas patas se mexiam aos poucos.

— Issha vai ficar bem. Primeiro, vamos voltar para o hotel com ele e descansar um pouco. Depois que se alimentar ele ficará melhor. Não se preocupe. — Durov tranquilizou Serin.

No hotel, Serin colocou Issha de um lado da cama e imediatamente começou a ligar e pedir muita comida. No fim, acabou pedindo para trazerem todas as opções do cardápio e desligou.

Enquanto a comida era preparada, Serin deitou-se um pouco na cama e pensou em seu dia agitado. Tinha sido o dia mais difícil desde que chegara ali. Ela estava tão exausta que não tinha forças para mover um dedo.

Serin fechou os olhos e adormeceu sem perceber.

Quando acordou, Issha já estava acordado. E todo o quarto do hotel estava uma bagunça. Todos os tipos de pratos e bandejas estavam espalhados, sem espaço para se mover.

— Você comeu tudo isso sozinho?

Olhando para o focinho sujo de Issha, não havia dúvida. Quando Serin saiu da cama, ouviu um farfalhar e notou que tinha pisado em um pedaço de papel.

— Quanto deu tudo isso?

Serin olhou atentamente para a conta. Como estava preocupada com Issha, tinha feito o pedido às cegas e o valor cobrado era enorme.

— Deixa eu ver, uma, duas, três...

Por sorte, quando somou todas as moedas de ouro e o prêmio em sua posse, conseguiu fechar a conta por muito pouco. Restavam apenas duas moedas de ouro.

— Ah, sim. Minha esfera do goblin!

Serin verificou a esfera, da qual havia se esquecido por um momento. Se aquela fosse a única que desejasse, não precisaria de mais moedas de ouro.

— Tomara que esta seja a esfera que eu quero...

Considerando as moedas de ouro restantes, Serin provavelmente não conseguiria comprar mais nenhuma. Mais do que isso, havia a questão do tempo. Quando se deu conta, seu relógio tinha perdido muita água e desapareceria em um ou dois dias.

Serin ficou ansiosa.

— Issha, como você está se sentindo? Será que você consegue me mostrar a esfera agora?

Parecia que ele havia se recuperado até certo ponto, já que abanava suavemente o rabo. Aliás, ele miou alto e com um tom mais saudável, parecendo que nunca havia se machucado.

— Miau!

O espaçoso quarto de hotel ficou laranja imediatamente.

● ● ●

Serin estava de pé em uma casa pequena e aconchegante.

Tirando o mofo crescendo nos cantos do teto por não entrar muita luz, não parecia tão ruim para uma família pequena. Havia brinquedos empilhados de um lado da sala, provavelmente porque havia crianças, e vários adesivos colados no velho ar-condicionado.

Mesmo sem conseguir senti-lo, Serin percebeu que o tapete que cobria o chão era bem macio.

Na parede de frente para ela havia uma foto de casamento de um jovem casal sorrindo. Eram tão lindos que era possível sentir felicidade só de olhar para a foto.

Nesse exato momento, alguém proferiu um xingamento bem alto. Serin franziu a testa.

O som de briga reverberou dentro da sala. Espiando o interior da casa, Serin viu que o homem e a mulher da foto discutiam em voz alta.

Eles não conseguiam controlar o nervosismo, e aquilo parecia prestes a evoluir para uma briga feia a qualquer momento. A discussão parecia nunca ter fim e ninguém dava sinais de que iria ceder.

A mulher lindamente vestida na foto tinha a cara limpa, sem maquiagem.

— Você sabe quanto foi a fatura do seu cartão no mês passado? Faz sentido, na situação em que estamos?

A testa do homem tinha várias rugas mais profundas do que antes.

— Isso acontece quando um homem tem vida social, ou você está me dizendo para não ter amigos?

— Eu não disse isso! Mas será que você não pensa em mim ou no nosso bebê? Tem ideia de quanto dinheiro já vamos ter que gastar no mês que…

— Pare de reclamar de dinheiro, droga!

Incapaz de superar sua frustração, o homem ficou xingando sozinho, abriu bruscamente a porta da casa e saiu.

A mulher, que olhava a porta bater, desatou a chorar silenciosamente.

Serin acordou de sua fantasia com o rosto cheio de emoções confusas. E bateu o punho na palma da mão, como se finalmente tivesse entendido tudo. Issha se assustou e pulou para debaixo da cama.

— É isso. O problema de tudo sempre foi o dinheiro.

Ela se sentiu patética por só ter se dado conta naquele instante. Se tivesse percebido antes, poderia ter encontrado a esfera há muito tempo e saído para desfrutar uma vida feliz. Mas ainda dava para dizer que teve sorte de ter finalmente percebido, mesmo que só agora.

Serin chamou Issha, cuja barriga ainda estava tão cheia que ele poderia sair rolando pelo chão.

— Issha, obrigada por tudo que você fez até agora.

O gato inclinou a cabeça e olhou para Serin. Os olhos dela estavam mais confiantes do que nunca.

— Esta é a última vez, eu juro. Finalmente, sei o que quero.

Uma enorme pirâmide estava diante dos seus olhos.

A diferença entre a que tinha visto nos livros e a que tinha diante de si é que esta era feita de ouro. Surpresa com o enorme tamanho e a aparência grandiosa, Serin ficou parada por um momento. Se Issha não tivesse a apressado, puxando suas roupas, era capaz de ter ficado ali por horas, apenas olhando fixamente e desperdiçando todo o tempo que lhe restava.

O caminho rumo à pirâmide era coberto por um tapete vermelho, do tipo que se vê em uma cerimônia de premiação. Serin caminhou devagar, sentindo-se especial, e Issha também diminuiu a velocidade enquanto rasgava o tapete com suas garras.

Felizmente, ninguém os apressou.

O tapete vermelho levava direto à entrada da pirâmide.

Ao se aproximar do local onde um letreiro neon piscava, seguranças de terno vigiavam a entrada. Eles estavam protegendo o lugar com olhos ferozes que nem mesmo seus óculos escuros conseguiam esconder. Eram tão intimidadores que nem uma formiga passaria sem a permissão deles.

Serin ficou na frente esperando ser vista como uma visitante, mas duvidava que realmente fosse vista como tal. Isso porque tinha se encharcado toda com a chuva da noite anterior, e suas roupas estavam cobertas de lama de tanto rolar no chão. Serin estava nervosa, com medo de que pudesse parecer que ela estava lá para pedir esmola.

Como esperado, os seguranças pararam Serin.

— O que deseja? — perguntou um deles, que estava com o peito inflado como se quisesse exibir os músculos fortes.

— Vim em busca da esfera...

Embora não tenha dito nada, ele olhou para ela com certa desconfiança. Serin se assustou e sacou o bilhete sem ser solicitado. O segurança, que examinou cuidadosamente o rosto e o bilhete de Serin, falou na escuta.

— Chefe, tem uma humana aqui dizendo que veio em busca da esfera. Devo deixá-la entrar? A propósito, ela está com um bilhete dourado.

Eles conversaram mais alguma coisa e desligaram.

— Espere um momento, o chefe virá pessoalmente.

Depois de algum tempo, apareceu um goblin liderando ainda mais seguranças que cercavam a pirâmide. Ele tinha altura e largura de ombros incomparavelmente maiores do que dos outros seguranças. A sua presença era tão assustadora que as pernas de Serin perderam a força.

— Você que veio buscar a esfera?

No entanto, ao contrário da aparência, a voz era baixa e fina. A pronúncia também era incorreta e parecia um balão esvaziando.

— Pode me mostrar seu bilhete?

— É claro... aqui está.

Serin se sentiu pressionada pelo olhar que recebeu de cima para baixo, então se apressou em pegar o bilhete e o entregou. Mas o goblin não o pegou. A vozinha falou novamente.

— Ei, para onde você está olhando?

Serin demorou para notar que o goblin à sua frente não movia os lábios. A menos que tivesse aprendido ventriloquismo, não era ele quem estava falando todo aquele tempo. Serin abaixou a cabeça devagar e somente quando seu olhar alcançou o chão é que enfim descobriu a identidade da voz.

Era um goblin do tamanho de um rato. Não só o tamanho era igual ao de um rato, como também seu nariz era alongado e seus dentes da frente salientes, fazendo com que parecesse um rato de roupa.

O goblin com cara de rato colocou as mãos nos quadris e fingiu estar com raiva.

— Quando um goblin fala, você deve olhar nos olhos dele. Por que você continua olhando para outro lugar?!

Ele parecia querer colocar o máximo de peso possível no que estava dizendo, mas só conseguia parecer uma criança fazendo birra. Porém, Serin não quis provocá-lo e dobrou os joelhos rapidamente.

— Me desculpe. Eu me chamo Serin e estou aqui procurando pela esfera. Existe alguma por aqui?

O goblin cruzou os braços, com uma cara menos zangada do que antes.

— Claro que temos esferas. Antes disso, vou me apresentar. Ouça com atenção. — Ele pigarreou alto e relaxou a postura. — Em primeiro lugar, meu nome é Grom Antonio Walter Racsion de Gregory III. Não é um nome muito longo, então certifique-se de memorizar. Tenho roubado a vontade dos humanos de dormir à noite. Dizem que isso faz com que as pessoas sofram com insônia, mas não é da minha conta. O importante é que isso mantém o meu cassino aberto 24 horas por dia. E como você pode ver, sou um goblin melhor do que qualquer outro. Recebi o Prêmio de Mais Esforçado por cinco anos consecutivos na Competição de Jogos de Aposta para Iniciantes e o Prêmio Sorriso Brilhante por três anos consecutivos na Competição de Fisiculturismo Júnior. E… o que mais, Frank?

Aí, o segurança que Serin tinha confundido com o chefe tirou um longo pergaminho enrolado do bolso interno do paletó. O pergaminho era tão longo que rolou por muito tempo, mesmo depois de cair no chão.

— Grom Antonio Walter Racsion de Gregory III ganhou o Prêmio Dedinho no Concurso Profissional de Corte de Unhas e o Prêmio Torresmo no Concurso de Comer Refeição Sem Acompanhamento.

Além disso, também venceu concurso para vestir as calças sem usar as mãos e um concurso para ficar muito tempo sem lavar os cabelos…

— Isso é o suficiente, Frank. Por mais que a pessoa seja burra, já deve ter entendido como sou incrível, não é mesmo?

Serin sorriu sem jeito e acenou com a cabeça. Mas tudo que conseguiu lembrar foram as duas primeiras letras do primeiro nome que ele dissera. O que era motivo de orgulho diante de um nome tão imenso.

Grom ergueu os ombros estreitos e se vangloriou.

— Ok, venha comigo. Se ficarmos do lado de fora por mais tempo, nem chegarei na final do concurso para exibir uma pele branca que será realizado no ano que vem. Só de pensar nisso, é assustador.

Grom tirou do bolso o que parecia ser protetor solar, aplicou bastante no rosto e entrou. Os seguranças seguiram-no de perto, com Serin mal os alcançando por último.

O interior do cassino era ainda mais luxuoso. Ela ficou em dúvida, mas tudo que conseguia ver dentro da sala parecia também ser feito de ouro. Ao olhar para os ornamentos de joias e o lustre cravejado de cristais, o exterior da pirâmide visto antes chegou a parecer nada demais.

No final de um pequeno corredor, chegaram a uma sala cheia de caça-níqueis. Lá, pessoas que foram dadas como desaparecidas há algum tempo estavam diante das máquinas. Elas puxavam a alavanca e se concentravam na forma da fruta girando rapidamente, sem prestar atenção se Serin estava passando ou não.

— Este é o espaço de jogo. Imagino que você tenha algumas moedas de ouro para jogar, certo?

De cabeça bem erguida, Grom perguntou em tom arrogante. Mexendo nas moedas de ouro no bolso, Serin observou as máquinas caça-níqueis. Felizmente, havia na máquina a indicação de uma moeda de ouro por onde inserir o crédito.

Serin assentiu depressa.

— Muito bem, eu vou te dar a esfera depois que você usar a máquina caça-níqueis. Frank?

Frank pegou uma caixa grande e mostrou a Serin. Ao abri-la, uma esfera de cor azul-marinho brilhava no fundo forrado de seda.

Serin engoliu em seco e foi até a máquina caça-níqueis mais próxima. Naquele momento, lembrou-se do cupom de desconto do folheto e o colocou na ranhura junto com a moeda de ouro.

Serin hesitou por um momento porque não sabia usar a máquina, mas depois de olhar em volta, não achou mais tão difícil. Serin colocou a moeda de ouro e pressionou a alavanca com força. Ao mesmo tempo, as peças em forma de frutas que preenchiam a tela começaram a girar freneticamente. Ela não contou com exatidão, mas parecia haver cerca de vinte tipos diferentes de frutas girando e parando uma por uma.

O que apareceu nas cinco fileiras de caixas foram todas frutas diferentes. Até Serin, que não conhecia as regras do jogo, achou que aquilo não valia nada. Como esperado, a máquina parou após exibir uma mensagem para tentar de novo.

Quando Serin estava prestes a sair, a tela começou a se mover rapidamente outra vez, exibiu a tela inicial e apontou uma seta brilhante em direção à alavanca do lado.

Parece que o cupom de desconto que inserira no começo funcionou. Serin puxou a alavanca quase que inconscientemente. Logo, as frutas começaram a se mover de novo com rapidez. Mas algo estava diferente desta vez.

Cereja… Cereja… Cereja… Hein?

Letras grandes escritas *"Jackpot"* apareceram como se fossem quebrar a tela. Serin não sabia o significado de *jackpot*, mas era uma palavra que já tinha ouvido em algum lugar.

Sem sequer ter tempo para pensar muito, moedas de ouro choveram da máquina caça-níqueis.

Bum!

De repente, uma grande quantidade de pólen começou a cair do teto, uma banda surgiu do nada e tocou uma música emocionante.

Ao mesmo tempo, os seguranças começaram a dançar de repente. Só então as pessoas se aglomeraram em torno de Serin. Porém, não havia um clima de felicitações, mas sim de olhares de inveja.

Antes que percebesse, havia uma pilha de moedas de ouro embaixo da máquina caça-níqueis. Eram mais do que as moedas de ouro que Serin recebeu pela primeira vez ao vender seu infortúnio na loja de penhores, e mais do que o prêmio em dinheiro que recebeu na competição de comida.

Quando a música escandalosa parou, a banda saiu rapidamente e os seguranças retomaram sua postura solene. A mudança na expressão foi tão rápida que pareceu natural, como se nada tivesse acontecido.

A única que estava desajeitadamente paralisada era Serin.

— Bravo! — Grom bateu palmas e assobiou. — Não acredito que mal chegou aqui e já tirou *jackpot*. Você é muito sortuda.

Ela estava tão distraída que não percebeu sua mudança repentina de atitude. Grom chamou Frank, que estava coberto de suor de tanto dançar até agora há pouco.

— Leve ela para o andar de cima.

— Sim, senhor.

Frank respondeu tão rigidamente quanto seu rosto inexpressivo. Quando Grom gesticulou, os seguranças atrás dele começaram a colocar as moedas de ouro em sacos. Mesmo colocadas em sacos enormes, as moedas de ouro ocuparam cinco deles. Nem os seguranças mais fortes conseguiam carregar mais do que dois sacos, e os outros, apenas um saco cada, fazendo muito esforço.

— Por Favor, venha por aqui - disse Frank a Serin, que estava assistindo à cena da coleta das moedas de ouro. Ele avançou com passos largos e, logo, os seguranças carregando os sacos o seguiram.

Sem sequer ter a chance de responder, Serin rapidamente ficou como um presunto preso no meio de um sanduíche. Ela caminhou em um ritmo constante para não ser espremida. A procissão subiu as escadas até o segundo andar.

O segundo andar era completamente diferente do primeiro. Onde deveria haver paredes, havia jaulas de ferro da altura de um ser humano, e onde deveria haver chão, havia placas de vidro grosso. Além disso, o fundo estava cheio de água.

Ao caminhar com cuidado, com receio de que o piso de vidro quebrasse, Serin se assustou tanto que quase desmaiou. Um peixe que parecia um tubarão nadava tranquilamente do outro lado do vidro. Além disso, os gritos de ferozes cães de caça e feras selvagens podiam ser ouvidos das jaulas de ferro.

A única coisa que lembrava o andar de baixo era a mesa de joias, mas era muito maior e havia um *spot* de luz pendurado no teto acima, lançando uma luz brilhante sobre ela.

Os seguranças guiaram Serin até a mesa.

— Bem-vinda ao Palco da Morte.

Uma voz estridente soou. Sem que ela percebesse quando ele chegara, Grom estava sentado numa cadeira grande em que seus pés nem alcançavam o chão. Os seguranças puxaram ligeiramente uma cadeira do lado oposto e Serin sentou-se nela.

Frank trouxe uma chaleira e uma xícara e serviu uma bebida desconhecida até encher tudo.

— Em primeiro lugar, você deve estar com sede. Vamos tomar uma bebida refrescante. Foi preparada especialmente com a ganância humana e muitos ingredientes caros.

Serin, que sentia sede mesmo, levou o copo à boca. *Kuang!*

Issha, que estava quieto até agora, deu um tapa na mão dela e quase derrubou a xícara. Frank puxou Issha pelo pescoço.

— Mas que criatura inconveniente. Se você quiser, podemos ficar com ele por um tempo.

— Não, está tudo bem. Estamos só de passagem, não vamos ficar aqui por muito tempo — disse Serin, tomando o restante da bebida em seguida.

Grom abriu um sorriso significativo, mas Serin não prestou muita atenção em seu rosto, que era naturalmente mesquinho.

— Ok, então vamos começar.

— Começar? Começar o quê?

— O jogo, é claro. Se você me vencer, ganhará o dobro do valor que ganhou acertando o *jackpot*. Ah, a propósito, eu tinha algo para dar antes disso. — Frank, que estava ao lado, colocou a caixa contendo a esfera sobre a mesa. — Esta é a esfera que prometi. Porém, se você quiser, pode me vender suas esferas também. Eu pagarei generosamente por elas.

Serin balançou a cabeça.

— Não preciso de mais moedas de ouro. Vou pegar as esferas e voltar para o lugar de onde vim.

— Você tem certeza disso?

Grom não perguntou simplesmente para confirmar. Sua voz estava cheia de certeza. Naquele instante, Serin sentiu sua cabeça girar. Por um momento, o contorno do rosto de Grom pareceu se sobrepor e se distorcer. Serin sacudiu a cabeça.

Por que estou assim? Será que é porque eu não dormi muito?

Quando ela estava prestes a pensar que não era grande coisa, uma ideia estranha surgiu do nada em sua mente.

Eu tenho que encontrar a esfera de arco-íris. Por que vou me contentar com essas esferas do goblin comuns?

De repente, a esfera de arco-íris, que havia esquecido por um tempo, preencheu sua mente. Além disso, ficou ansiosa para juntar mais moedas de ouro e comprar mais esferas.

Com uma expressão triunfante no rosto, Grom observou Serin, perdida em seus pensamentos.

— Ok, então, vamos começar?

Sem esperar pela resposta de Serin, Grom embaralhou as cartas douradas e distribuiu três para cada.

— No primeiro jogo, ganha quem combinar as cartas e conseguir o maior número.

Grom explicou brevemente as regras e depois olhou suas cartas.

— Vamos ver, se você acrescentar um seis de espadas, um cinco de paus e um dez de ouros…

Grom contou nas mãos, mas quando acabaram os dedos, tirou as meias e contou os dos pés. Mas isso não bastava e ele estava prestes a pedir a ajuda do segurança ao seu lado quando de repente inclinou a cabeça e dormiu profundamente, roncando.

Serin ficou sem reação por um momento, mas o segurança jogou um balde de água em Grom.

— *Uff!*

Grom acordou e esfregou o rosto. Ele tranquilizou Serin, que estava com os olhos arregalados.

— Não precisa ficar assustada. É apenas um pequeno efeito colateral por roubar muito sono dos humanos. Por favor, mostre-me suas cartas.

Pouco depois, após terminar a contagem, o rosto de Grom se distorceu.

— *Ahem*, este jogo foi só aquecimento.

Grom bateu duas palmas breves e dois seguranças trouxeram uma grande roleta. Ao ser posta sobre a mesa, o barulho foi tão pesado que pareceu que ou a mesa ou a roleta podiam ter quebrado. A roda continha mais de trinta números.

— As regras são simples. Escolha os números um por um, gire a roleta e aquele que tiver o número mais próximo ganha.

Grom rolou uma pequena bola de gude dourada na roda da roleta e ela caiu apenas uma casa ao lado do número que Serin havia escolhido. Grom bateu com o punho na mesa (embora não tenha causado efeito nenhum).

Grom desabotoou a camisa, que apertava seu pescoço.

— Você é muito boa. Se ganhar desta vez, eu pagarei quatro vezes o valor do *jackpot*. Frank! Traga os dados.

Os ouvidos de Serin se animaram quando ela ouviu que seria quatro vezes mais. Com tanto ouro, achou que seria suficiente para comprar todas as esferas da loja. Talvez fosse realmente possível encontrar uma esfera de arco-íris. Mas, naquela hora, Issha subiu no colo de Serin, mordeu suas roupas e começou a puxá-las.

— Issha, por que você está assim? Fique parado.

No entanto, Issha puxou Serin ainda mais forte, a ponto de suas roupas rasgarem.

— Eu já te dei bastante comida mais cedo! Preciso de moedas de ouro porque usei todas elas com você!

Desta vez, Issha desceu ao chão e mordeu o calcanhar de Serin.

— Ai! Por que continua fazendo isso? Aposto que foi por agir assim que você foi abandonado pelo seu dono e...

Serin deixou escapar as palavras e cobriu a boca com as mãos. Não precisou terminar a frase para se adivinhar o que iria dizer. Com o rosto caído, Issha abaixou o rabo, deu um passo para trás e imediatamente subiu as escadas correndo.

— Issha!

Frank agarrou Serin, que tentava se levantar da cadeira.

— Deixa. Seria melhor se não existissem animais tão ingratos. — disse Grom, com um sorriso malicioso. — Agora, vamos nos concentrar no jogo. Você quer escolher um número ímpar ou par?

Mas Serin não estava mais com vontade de jogar. No final, a escolha foi dada a Grom, e Serin ficou com o lado que não tinha sido escolhido. Os dados no copo moveram-se ruidosamente.

Serin tinha vencido novamente.

Grom ficou com tanta raiva que não disse nada, apenas abaixou a cabeça. Parecia que logo sairia vapor de seu rosto vermelho.

Chuááá!

Um dos seguranças atrás dele pensou que Grom estava dormindo de novo e lhe jogou água.

O goblin, que já estava prestes a explodir, o encarou com olhos severos. O segurança, assustado, abaixou-se o suficiente para deixar os óculos escuros que usava caírem e implorou perdão, mas Grom acenou com a mão, nervoso.

Logo, Frank arrastou o segurança, e gritos foram ouvidos atrás da porta.

— Agora, vamos começar o próximo jogo, desta vez... — Espere um minuto!

Grom franziu a testa e olhou furioso.

— O que é?

— Eu... vou ao banheiro. Bebi muita água mais cedo...

Serin apertou a barriga e fez uma careta o mais forte que pôde. Grom chamou Frank, que chegou limpando as mãos bem na hora.

— Frank! Por favor, leve ela ao banheiro e não se esqueça de trazê-la de volta.

Serin sentiu arrepios por todo o corpo ao olhar para os olhos avermelhados de Grom.

Ele deve estar tramando pegar não apenas as moedas de ouro, mas todas as minhas esferas. Precisamos sair daqui.

Serin pensou consigo mesma enquanto seguia Frank até o banheiro no primeiro andar.

— Vou esperar aqui. — falou Frank, em tom indiferente, e ficou parado como uma pedra no corredor que levava ao banheiro.

Serin estava planejando alguma rota de fuga. Enquanto estava indo para o banheiro, ficou muito assustada ao ver um goblin vindo em sua direção.

— Durov!

— *Shhh!* — Durov cobriu a boca de Serin para impedi-la de gritar.

— Issha e eu estamos conectados para ver e ouvir, e eu vim ajudá-la porque parecia que estava correndo perigo. Por favor, fale baixo — sussurrou ele no ouvido de Serin.

— Durov, me ajude, por favor. Um goblin parecido com um rato não me deixa ir embora de jeito nenhum.

— Você pegou as esferas?

— Sim.

— Então, vou dar um jeito de chamar atenção. Fuja para o hotel enquanto isso.

Quando Serin assentiu, Durov se aproximou de Frank, que guardava o corredor.

— Ei, Frank. Como vai? Uau, você está mais forte do que antes. Gosto dos seus músculos. Eles são tão charmosos quanto o seu bigode. Que tal trocarmos uma ideia de homem para homem como não fazemos há muito tempo? Ah, a propósito, você gostaria de uma xícara de café?

Durov ofereceu a xícara de café que estava bebendo. Mas Frank nem prestou atenção.

— Durov, estou de plantão agora. Já se esqueceu de que está na lista de pessoas proibidas aqui? Não seria nada bom ser notado pelo chefe, sabe?

— Exatamente, Frank. Grom acha que eu trapaceei, mas ele está enganado. Sim, estou aqui hoje para esclarecer esse mal-entendido. Agora, leve-me até ele.

Quando Durov forçou o corpo de Frank a virar, Serin se escondeu atrás da parede e se mexeu com cautela. Ela se agachou quase rastejando e saiu dali.

Justamente quando ficou aliviada, achando que chegaria em breve ao saguão, o homem ao seu lado gritou de repente.

— Mas que droga!

Na tela acima da sua cabeça, dava para ver diferentes frutas, e a mensagem para tentar outra vez brilhava de forma chamativa. O homem estava coçando a cabeça quando fez contato visual com Serin, que passava agachada pela cadeira. Ele a reconheceu.

— Você acertou *jackpot* agora há pouco, não é? Me empresta dez moedas de ouro? Não, cinco são o suficiente. Vou devolver em dobro agora mesmo, vamos!

Serin sentiu que todos os olhares estavam focados nela. Entre eles, estava Frank.

— Parada aí!

Frank empurrou Durov para o lado e correu em direção a Serin. Os seguranças perto da entrada também saíram apressados e a cercaram.

— Essa não!

Percebendo que o plano tinha dado muito errado, Durov tirou do bolso uma estátua em forma de guepardo. Ao murmurar brevemente, a estátua se transformou em um animal vivo, e Durov, montado nele, aproximou-se de Serin na velocidade da luz.

Foi um momento perigoso, em que um dos seguranças estava quase agarrando Serin pelo pescoço. Por sorte, Durov foi um mais rápido. Pouco antes de os seguranças a alcançarem, Durov agarrou Serin, colocou-a nas costas do guepardo e escapou de lá movendo-se de forma ligeira.

— Não! Me tragam minhas esferas!

Ao fundo, ouvia-se os gritos nervosos de Grom e os passos agitados de seus seguranças.

Mas logo tudo ficou para trás.

EPISÓDIO 17:
A PRISÃO DO LABIRINTO SUBTERRÂNEO

De volta ao hotel, Serin respirou fundo.
— Obrigada. Graças a você, eu sobrevivi.
— Imagina. Eu apenas fiz o que tinha que fazer. — Durov disse, colocando a estátua no bolso interno. As pernas de Serin estavam tão fracas que ela não conseguiu nem chegar até acama e acabou sentando em uma cadeira próxima. Durov ficou olhando para Serin.
— Há mais alguma coisa em que eu possa ajudá-la?
Serin acenou com a mão.
— Não, está tudo bem. Estou muito grata por você já ter me salvado tantas vezes. Agora pretendo voltar para casa. Se eu ficar mais tempo, não sairei daqui com vida. Não resta muito tempo também.
Mas Durov estava impassível.
— Ainda assim, pode haver algo em que eu possa ajudá-la, como olhar para a esfera que você acabou de receber...
— Ah! — Serin bateu palmas para fazer barulho.
— Você disse que poderia me mostrar as esferas?
Então, como um último favor...
Serin, que estava prestes a entregar a esfera a ele, ficou surpresa.
— Durov?

Os olhos de Durov, enquanto olhava para a esfera, estavam bizarros, como os de uma pessoa possuída pela loucura. Ele parecia mais assustador do que Grom com seus olhos avermelhados.

— Sim? — retrucou Durov, tentando controlar sua expressão.

No entanto, Serin não disse nada mesmo depois de chamar por ele. De uma hora para outra, o olhar de Serin tinha mudado do rosto de Durov para a manga de sua jaqueta.

Durov fez o mesmo e olhou para a ponta da manga.

— Hum?

Na parte inferior da manga, revelada quando ele estendeu a mão para receber a esfera, havia botões dourados combinando com as joias. Mas estava faltando um.

Era do mesmo formato do encontrado na livraria de Mata.

Serin se assustou e deu um passo para trás.

— Qual é o problema? — perguntou Durov, mexendo no bigode.

Mesmo no meio de sua confusão, Serin de repente se lembrou de algo e olhou mais de perto o bigode dele.

Por um momento, pareceu que os pelos encaracolados, se fossem esticados, seriam mais longos do que o cabelo da maioria das goblins fêmeas. Não era diferente de um cabelo longo com permanente.

Parecia que um quebra-cabeça estava se resolvendo na mente de Serin.

A expressão de Serin foi mudando à medida que analisava o goblin com desconfiança, e o rosto de Durov tornou-se gradualmente mais sinistro.

— Alguma coisa errada?

Ele bebeu devagar o café que segurava, e Serin viu um pouco de vapor saindo da xícara e lembrou-se do que Toriya havia dito.

O goblin fumegante!

Serin tentou andar para trás, mas suas pernas perderam força e ela desabou.

Durov então parou de fazer perguntas e falou em tom ameaçador.

— É melhor entregar as esferas sem resistir. Eu não gostaria de ter que usar a força em um lugar como este.

Tremendo, Serin forçou a voz com dificuldade.

— Era você quem estava roubando coisas da loja...

Durov não se preocupou em dar desculpas. Em vez disso, soltou uma risada assustadora.

— Hahaha! — Bateu palmas sem entusiasmo. — Você é muito perspicaz por ter notado isso. Teria sido melhor se tivesse entregado as esferas sem dizer nada. Eu não sei se devo chamá-la de incrível ou de tola... Bem, digamos que você é as duas coisas.

Durov sorriu, mostrando seus dentes perfeitos. Mas ele não parecia nada amigável. A boca sorria, mas os olhos tinham um brilho assustador.

Serin foi chegando para trás com os braços, substituindo as pernas enfraquecidas. Durov, porém, foi se aproximando dela, sem deixar a distância aumentar.

Mesmo sabendo que era inútil, Serin não teve escolha a não ser gritar.

— Issha, me ajude!

Durov desatou a rir.

— Você está procurando por isto? — Em sua mão, havia uma pequena estátua de gato exatamente igual a que vira pela primeira vez no balcão de informações. — Você é ridícula. Joga o gato fora quando não precisa dele e agora pede ajuda. Não poderia ser mais patética.

Durov colocou a mão na testa e riu, sabe-se lá do que tinha tanta graça. Então, sem a menor hesitação, entregou a estátua a Serin.

— Bem, ainda é seu, então eu vou devolver. Aqui está...

Serin estendeu a mão rapidamente antes que ele mudasse de ideia, mas no momento em que seus dedos estavam prestes a tocar a estátua, Durov fingiu um deslize e a deixou cair no chão.

— Opa, essa não!

Então chutou a estátua e ela voou, batendo contra a parede e se quebrando em pedaços.

Ao ver isso, Serin desabou outra vez.

— Ah, eu demorei para me apresentar. Então vou fazê-lo formalmente. — Durov arrumou suas roupas já impecáveis. — Meu nome é Durov e roubo a autoestima das pessoas.

Naquele momento, a mão dele brilhou em azul, e algo da mesma cor saiu do peito de Serin e pousou nas mãos de Durov.

— Então, descanse em paz.

Ele colocou uma mão no peito e fez uma reverência. Se observasse apenas seus movimentos, teria sido uma saudação mais educada do que qualquer cavalheiro britânico.

No entanto, depois de dizer essas palavras, Serin sentiu uma súbita onda de fadiga e perdeu a consciência aos poucos.

Onde estou?

Serin mal voltou a si e olhou em volta. Mas não havia nada para ver. Era um espaço envolto pela escuridão, sem a entrada de nenhum raio de luz. O chão era duro o suficiente para machucar seu bumbum.

Serin procurou apressadamente nos bolsos. Como esperado, a bolsa de goblin contendo as esferas tinha sumido. Em vez disso, restava apenas outra bolsa de goblin cheia de cacarecos.

— Ah... — Serin soltou um longo suspiro. — Tem alguém aí?!

A voz de Serin ricocheteou nas paredes e ecoou por toda parte, mas não houve resposta.

De repente, algo lhe ocorreu e ela vasculhou a bolsa de goblin. Felizmente, encontrou o que queria.

Era a vela que tinha comprado na perfumaria. Havia uma caixa de fósforos presa com delicadeza no fundo.

Tsss.

A vela ardeu intensamente e dissipou a escuridão ao redor. Assim como Serin esperava, paredes bloqueavam o espaço vazio por todo lado. Caminhou pela área segurando a vela por um tempo, mas, de alguma forma, parecia que vagava pelo mesmo lugar. Ela se sentiu extremamente deprimida.

Serin parou de andar e se sentou de qualquer jeito no chão. Teve pena de si mesma por estar, dentre todas as coisas, com fome naquela situação.

Será que como aquilo?

Ela se lembrou do pão de alho que recebeu do goblin gigante. Ainda bem que ele estava intacto na bolsa, sem ter sido esmagado ou danificado. Assim que ela tirou o pão da bolsa, pôde sentir seu cheiro gostoso. Serin mastigou e engoliu com gosto. Logo depois de comer, ficou com sono, talvez por ter se saciado de repente depois de passar muito tempo com fome. Serin não se deu ao trabalho de afastar o sono que se apoderou dela.

Um homem que Serin via pela primeira vez estava olhando para ela, como se a achasse a maior fofura.

— Olha como ela chuta, será que vai ser jogadora de futebol? Mesmo que não seja o caso, acho que vai ser boa nos esportes.

A jovem esposa ao seu lado riu com descrença.

— Ela ainda é um bebê, do que você já está falando?

Mas o homem não se importou. Em vez disso, falou ainda mais confiante.

— Por quê? Nunca se sabe.

A bebê olhou para si mesma. Podia ver seu próprio rosto recém-nascido refletido nos olhos do homem, grandes como um lago.

— Serin, não importa o que aconteça de agora em diante, haverá momentos em que você vai querer desistir. Mas, se for algo que realmente queira fazer, por mais difícil que pareça, não desista. Você fará bem qualquer coisa que deseje.

O homem beijou levemente a bochecha da bebê. A esposa ao lado dele também segurou sua mãozinha, que lembrava as garrinhas das samambaias antes de crescerem, e abraçou as costas do marido com força.

❖

— *Eu não consigo, pai. Sou um fracasso...*

Serin acordou lentamente do sono leve. Lembranças muito antigas passaram por sua mente: os incontáveis risos de desprezo direcionados a ela. As dificuldades financeiras que não lhe permitiam sequer comprar o uniforme da escola. O fato de que ela não se destacava em nada.

Por mais que ela se esforçasse, nunca saía do lugar.

Nenhuma palavra de conforto ajudaria.

— Quem está aí?

A voz foi alta o suficiente para afastar seus pensamentos num instante.

Vários sons de passos se aproximaram e Serin não duvidou mais dos próprios olhos.

Era o velho que havia conhecido quando chegara. O velho também a reconheceu.

— Mas, você é...! — Serin ficou tão surpresa que mexeu a boca sem conseguir falar nada e soltou a voz com muito esforço. — O senhor...

O velho deu um passo mais para perto de onde a vela de Serin estava acesa. As feições dos dois ficaram um pouco mais iluminadas.

— Fiquei preocupado porque você desapareceu na loja de penhores, e olha onde eu te encontro. Está tudo bem?

Serin sentiu que iria chorar se falasse. Então, apenas assentiu. Havia outras pessoas atrás do velho, mas ela demorou um pouco para notá-las.

De repente, ela, que achava que nada mais a surpreenderia, ficou espantada.

Eram rostos conhecidos.

Uma pessoa, que segurava um isqueiro, era o estudante da universidade de prestígio que não conseguiu a vaga de emprego. Ao lado dele, estavam a mulher que trabalhava em uma empresa famosa, a dona da cafeteria, aquela que olhava para o celular e sonhava com uma vida livre e o repórter de viagens que desmaiou de tão bêbado.

Eles se apresentaram, mas Serin já sabia quem eram.

Da forma mais resumida possível, ela contou a história do que havia vivenciado e eles também explicaram o que lhes tinha acontecido. Enquanto isso, metade da vela queimou.

— Tenho certeza de que aquele maldito bigodudo estava pregando uma peça em nós.

Cada um deles lançou uma enxurrada de maldições.

— Mas como vamos sair daqui? — perguntou Serin, com esperança.

Mas a resposta foi desesperadora.

— Nós olhamos os arredores várias vezes antes de você chegar, mas só havia uma saída. O problema é... Serin esperou pelas palavras sem piscar.

— Esse lugar é guardado por um goblin aterrorizante com um grande bastão na mão.

O velho enxugou o suor frio da testa enquanto falava.

A última gota de esperança de Serin parecia se esvair. Os outros também tinham sombras de desespero no rosto. Embora não ousassem dizer em voz alta, todos queriam desistir. Enquanto Serin tentava aceitar a situação, um pensamento lhe ocorreu de repente.

— Será que isso aqui serve para alguma coisa?

Tirou uma bolsa de goblin amassada do bolso. Mas todos pareciam estar se perguntando o que era aquilo. Houve também quem soltasse uma pequena risada. Serin rapidamente abriu a bolsa e mostrou o que havia dentro.

Quando virou a bolsa e a sacudiu, itens diversos caíram.

— O que é tudo isso?

Só então as expressões das pessoas começaram a mudar. Talvez fosse porque estavam a um passo da vela agora, mas seus rostos pareciam mais brilhantes.

Eles olharam os itens que haviam caído no chão e aqueles que restavam na bolsa e começaram a discutir.

Enquanto isso, Serin sentou-se separadamente com o velho para conversar com ele. Palavras que não haviam sido ditas antes iam e viam depressa.

— As pessoas que estão aqui são todas as que vi nas esferas.

A expressão no rosto do velho enquanto ouvia também era incomum.

— E, no final, escolhi uma esfera que tinha muito dinheiro. Será que essa era a do senhor? — Serin apresentou cuidadosamente seu raciocínio.

— Creio que sim.

Quando seu palpite se confirmou, ficou ainda mais curiosa.

— Então, por que o senhor veio até a loja, afinal?

O velho abriu um sorriso silencioso.

— Para encontrar a felicidade que eu queria, é claro.

— Tem algo que o senhor queira também?

— Claro que sim.

Depois de olhar por cima do ombro para as pessoas que continuavam numa discussão acalorada, o velho continuou a falar. Os olhos de Serin estavam brilhando mais do que nunca.

— O que eu queria obter aqui era ser jovem como você. Porque não importa quanto dinheiro se tenha, é impossível voltar no tempo.

— Qual é a sua lembrança mais importante?

Serin ficou surpresa com a pergunta inesperada.

— Lembrança?

— Sim, aqueles momentos felizes dos quais você sempre se lembra, sabe? Pois bem, eu não tenho nenhum. Só percebi isso muito tarde porque passei a vida inteira me dedicando ao trabalho.

O velho soltou um pequeno suspiro.

— Existem coisas que são mais preciosas do que dinheiro. Se eu pudesse voltar a ser jovem, passaria mais tempo com as pessoas que amo.

Serin pensou com calma sobre o que o velho dissera. Lembrou-se dos momentos que passou com Issha.

Compartilhamos o bolo que Nicole fez, sujando o rosto. Corremos e passamos por todos os tipos de dificuldades para colher os frutos da árvore-encrenca. Vencemos a competição de comida e batemos a palma da mão e da pata.

Todas eram lembranças preciosas.

No final, Serin começou a chorar. Ela sentia falta de Issha.

— Tenho, sim.

O velho deixou Serin chorar e a ouviu com atenção.

— Issha é um gato que conheci quando vim para cá. Ele me ajudou a encontrar as esferas. Mas eu disse para ele algo que não deveria. É um gato que já tem uma ferida enorme no coração...

Serin estava como rosto coberto de lágrimas e o nariz escorrendo. O velho, então, deu a ela seu lenço. Era da cor do arco-íris, feito de um tecido de alta qualidade. Serin estava enxugando o rosto quando engasgou de repente. O velho olhou surpreso para ela.

— O que foi, tem algo errado?

Mas Serin não respondeu e apenas olhou para o lenço. Um pouco depois, enfim, disse:

— Eu acho que sei porque Durov pegou as esferas. Talvez seja por isso que as pessoas estão presas aqui...

Abriu a primeira página do guia que tinha no bolso.

— Como assim...?

Antes que o velho pudesse perguntar algo, outras pessoas chegaram correndo. Parecia que a discussão havia terminado. Um homem disse com o rosto muito corado:

— Não é perfeito, mas encontramos uma maneira.

Serin e o velho pararam de conversar e ouviram.

— Não temos muito tempo, então vou ser breve. Nós vamos criar uma espécie de armadilha com os itens que estavam com Serin.

Embora os rostos de todos fossem familiares, ele era o único que Serin via ali pela primeira vez. Pelos comentários, o homem havia sido pego enquanto tentava entrar furtivamente na sala do chefe.

— Para fazer isso, primeiro precisamos de alguém para atrair o goblin até aquela saída.

Ele olhou para as pessoas, mas ninguém estava disposto a se voluntariar.

Nesse momento, Serin levantou a mão.

— Eu posso fazer isso.

Surpresos, todos olharam para ela. Mas quem se surpreendeu mais do que todos foi a própria Serin. Há até bem pouco tempo, ela pensava que não era capaz de nada, mas, em algum momento, começou a sentir que queria tentar. Olhou para a vela perfumada ao seu lado. Agora quase não havia mais cera. Mais tarde, lembrou-se do nome da vela perfumada.

— Você acha que consegue? Pode ser perigoso — disse o homem, preocupado.

— Tudo bem, eu consigo correr bem rápido.

Ao ouvir as palavras confiantes de Serin, o homem enfim assentiu.

— Então, vou levá-la até o goblin. O restante de vocês, por favor, façam uma armadilha como mencionei antes. Vamos lá.

O goblin não estava longe.

Eles seguiram o caminho, usando a luz do isqueiro de um deles. Logo apareceu um beco sem saída onde havia uma grande tocha pendurada.

Um ronco alto foi ouvido nas proximidades.

— É logo ali.

No lugar para o qual o homem apontou se encontrava um goblin, maior do que um homem adulto e menor do que Toriya, dormindo encostado num bastão.

Sua feição era tão feroz quanto a de Dunkey. Vendo como ele realmente era, não era para menos que todos tenham ficado assustados. O portão de ferro, que parecia ser a saída, ficava logo além do goblin. Serin sentiu o corpo inteiro tremer de nervosismo.

— Você acha mesmo que consegue? Se achar que não, agora é a hora de…

— Não, eu consigo. Basta levá-lo até onde estávamos, certo?

Serin deu um passo à frente antes que o homem pudesse responder. Então, ela pegou uma pedra que tinha chutado e a jogou com força. A pedra voou em linha reta e atingiu o nariz do goblin em cheio. Quando ele franziu a testa e abriu os olhos, Serin gritou sem medo.

— Ei, seu goblin feioso! É verdade que seu bafo fede mais que um peido? Na certa, as goblins nem chegam perto de você!

Ela apenas deixou escapar o que lhe veio à mente, mas, olhando para os dentes completamente amarelos do goblin, pensou que fosse verdade até certo ponto.

Talvez fosse o seu humor, mas o goblin pareceu ainda mais irritado com a última parte da história.

Ele olhou furioso para ela e se aproximou em passos largos.

— Falei a coisa certa? — perguntou Serin com uma voz insegura.

O homem também respondeu sem confiança.

— Bem, talvez tenha pegado um pouquinho pesado... De qualquer forma, vamos embora.

E, com isso, o grupo começou sua fuga.

Felizmente, o velho e seus companheiros estavam totalmente preparados. Em vez de permitir que Serin fosse correndo em sua direção, fizeram com que ela se aproximasse bem encostada em uma parede. O chão em que Serin quase pisou estava cheio de um líquido transparente. Antes que ela pudesse perguntar o que era, o goblin atacou.

Ele mostrou os dentes cheios de cáries e correu em sua direção como se fosse devorá-la.

As pessoas se assustaram e voltaram correndo, mas não foram longe. Pareciam confiantes em alguma coisa. E a previsão de Serin estava correta.

O goblin, que estava correndo, pisou no líquido branco e caiu para trás com um baque alto.

Tum!

Caiu com tanta força que Serin ficou brevemente preocupada com a possibilidade de o chão se abrir. Mas o goblin era mais forte do que se pensava. Mesmo tendo caído com tudo, ele já se levantava devagar. Serin pensou que ela precisava mesmo escapar e se preparou para correr. Mas quando olhou para os outros, ninguém parecia ter intenção de fugir. Olhavam todos para o teto. Ela voltou os olhos para a mesma direção e logo ficou tão boquiaberta que, mesmo que um inseto entrasse em sua boca, não notaria.

O homem, que disse ser um escritor de viagens, estava pendurado na parede, carregando a bolsa de goblin de Serin. Num canto, havia um longo poste que parecia ter sido usado por ele para subir. Com certeza, era o broto de bambu crescido que ela recebera da jardineira Popo.

O homem passou por cima da cabeça do goblin e sacudiu a sacola da qual a quina de um livro despontava. Nesse instante, um livro do tamanho de uma porta caiu.

Bum!

Com um som pesado, o goblin caiu mais uma vez. Desta vez, parecia completamente inconsciente e permaneceu no chão sem se levantar. Olhando de perto, dava para ver que estava espumando pela boca. As pessoas soltaram pequenos gritos de alegria e passaram por cima dele.

Serin as seguiu, tomando cuidado para não pisar no goblin, e correu em direção à saída que havia visto antes.

— Acho que estamos quase lá! Força, pessoal!

Porém, os que estavam na dianteira pararam em frente à porta como se tivessem chegado a um beco sem saída.

Só então perceberam um problema sério.

Ninguém tinha a chave.

EPISÓDIO 18:
O LOUNGE BAR DE YAN

O homem da frente chutou a porta de ferro até fazer um barulho alto e a sacudiu forte com as mãos, mas ela nem se mexeu. As pessoas começaram a murmurar. Falaram em voltar e revistar o corpo do goblin inconsciente, mas ninguém se voluntariou. Considerando a possibilidade de ele acordar no meio da missão, era uma aposta muito arriscada.

— Mesmo que não seja uma chave, eu poderia tentar com algo como um pedaço de metal... — disse o homem, olhando atentamente para o buraco da fechadura.

Ele olhou para trás sem pensar e ficou surpreso ao ver Serin, que também se surpreendeu. O homem se espantou ao ver a presilha em forma de borboleta na cabeça dela, e ela o reconheceu. Era o autor do livro que tinha visto na biblioteca da escola antes de ir para lá. Um dos olhos do homem tinha uma mancha preta deixada pelo buraco da fechadura. E seu rosto era parecido com o que se via na foto no livro, na qual alguém havia desenhado um óculos com um marcador de texto.

— Por acaso...

O grito de desespero do homem foi mais alto e mais rápido que a quase pergunta de Serin.

— Me dá essa presilha!

Ela entregou a presilha por reflexo, e o homem começou a inseri-la na fechadura. Serin então entendeu por que ele tinha passagens pela prisão no passado, conforme lera no livro.

Clic.

Foi um som curto, mas alegre. Quando a porta se abriu com um barulho alto, as pessoas finalmente soltaram os gritos que estavam segurando.

— Vamos, rápido!

O velho deu um tapinha no ombro de Serin e ela seguiu as pessoas que já estavam saindo.

Uma luz começou a aparecer ao longe. Era a entrada que Serin vira quando chegara na loja pela primeira vez. Exceto por não haver goblins dançando, não parecia ter mudado muito. Até o enorme relógio ali ao lado era o mesmo. No entanto, a água havia diminuído significativamente e logo secaria.

Felizmente, a porta estava aberta. As pessoas passaram correndo, uma atrás da outra.

Assim como na chegada, Serin e o velho foram os últimos. Quando o velho estava prestes a passar pela porta, ele olhou para ela parada atrás dele.

— Por que você não vem?

— O senhor vai primeiro, preciso fazer uma última coisa.

O velho parecia não conseguir entender. Então, se deu conta de algo e jogou um verde para Serin.

— Por acaso tem a ver com o gato que falou antes?

Serin assentiu. O velho olhou atentamente nos olhos dela e sorriu de leve.

— É bom ser jovem. Eu invejo sua coragem. Não demore e se cuide.

O velho desejou boa sorte a Serin e finalmente saiu pela porta. Logo, a loja ficou vazia por completo.

Serin correu para o elevador que vira no caminho porque imaginou que era onde estaria Durov.

❖

— Ah, não — lamentou, Serin.

Havia uma placa de "fora de serviço" na porta do elevador.

A adolescente ficou um momento parada, olhando o aviso. Quando decidiu dar meia-volta, pensando que era o fim da linha, vislumbrou um *Bling, bling*.

Ao lado do elevador, piscava um letreiro de passagem de emergência. Serin experimentou empurrar a porta de leve.

Devia estar sem uso há muito tempo, pois rangeu alto, como se o metal estivesse sendo despedaçado. Serin conseguiu passar por pouco. E, à sua frente, estendia-se uma longa escada.

Parecia muito com as escadarias entre a sua casa e a escola.

Será que eu consigo?

As preocupações não duraram muito.

Serin deixou o elevador quebrado para trás e começou a subir as escadas.

Durov cantarolou e entrou no elevador. Em sua mão estava a bolsa de goblin que Mata tinha dado para Serin. Ao apertar o botão, começou a subir lentamente.

Pop!

Assim que desceu no último andar, Durov quebrou o elevador e o deixou para trás em curto-circuito e soltando faíscas.

O som dos sapatos do goblin encheu o corredor não tão largo.

"Lounge bar de Yan"

Durov chegou ao fim do corredor e parou por um momento. À sua frente, indicando o fim do horário comercial, havia uma placa grande pendurada meio torta com a palavra "Fechado" escrita em uma fonte elegante.

Durov franziu a testa, o que era incomum para ele, que estava sempre com um sorriso no rosto. Desta vez, ele foi além e abriu a porta com um chute. Com as luzes apagadas e sem o calor dos clientes, a loja estava silenciosa.

— Eu queria tomar uma bebida com nosso grande chefe, mas, que pena.

Ele achou que estava falando sozinho, mas houve uma resposta.

— Não fique triste. Vou lhe fazer companhia. Se quiser, eu deixo você mais relaxado.

Dentro do ambiente muito escuro, Berna estava sentada a uma mesa, bebendo uma taça de vinho sozinha. E havia uma grande aranha, misturada à escuridão. O aracnídeo, que estava pendurado no teto, pousou lentamente no chão e ficou ao lado de Berna. Os seis olhos em sua cabeça brilharam.

— Eu não sei… Acho que você não consegue nem se aquecer, Berna.

Durov tirou uma estátua do bolso.

— Não fique muito convencido só porque você ganhou no ferro-velho uma vez. Eu pretendia pegar apenas as esferas. Na ocasião, eu o estava observando -– disse Berna, enquanto mastigava o gelo que havia em sua taça.

Quando ela estalou os dedos, aranhas que estavam escondidas nas mesas e cadeiras saltaram e cercaram Durov. Mas ele não se mostrou nem um pouco abalado.

— Se você estava mesmo me observando o tempo todo, então sabe por que vim aqui. E ainda assim acha que pode me impedir só com isso?

— É claro que sei que você veio aqui com as esferas roubadas da humana. A intenção provavelmente é fazer esferas de arco-íris com elas. Ou talvez já tenha conseguido.

O goblin bateu palmas com gestos exagerados.

— Como esperado, ótima dedução. Se quer uma dica, não, eu ainda não as fiz. Pretendo fazer isso na frente do velho. Eu realmente quero ver a cara de susto do chefe.

Berna bufou alto.

— Acho que ele não vai ficar tão surpreso assim. Porque ele sabia há muito tempo que suas ambições eram grandes e sempre me pediu para ficar de olho em você. Já relatei que você selecionou humanos deliberadamente e os convidou para a loja, que roubou itens e trocou as esferas da loja de penhores pelas cores que queria e que manipulou a ilusão com um espírito para mostrar apenas certas partes. Tudo o que lhe resta fazer é se ajoelhar diante do chefe e pedir perdão chorando, Durov.

Durov abaixou a cabeça e seus ombros começaram a tremer. Parecia chorar, mas não houve nenhum som. Na verdade, ele estava rindo muito.

— Até quando você vai viver assim, lamentavelmente, sob o comando de um chefe moribundo? Mesmo quando nós roubamos um pouco demais dos corações humanos, somos amaldiçoados imediatamente. Quando eu ganhar o poder da esfera de arco-íris e me tornar o novo chefe, a primeira coisa que farei é criar um mundo governado por goblins. Estou cansado de viver escondido e mais cansado ainda de ser um guia.

Berna largou a taça. Ainda restava um pouco de vinho, mas ela não parecia ter intenção de beber mais.

— Vamos encerrar por aqui. Não suporto mais ouvir essa besteirada toda.

— Achei mesmo que você não entenderia. Olhando para sua cara, perdi todo o interesse em tomar uma bebida.

Quando Durov entoou um feitiço, as estátuas começaram a ganhar vida.

— É mesmo? Que bom. Acontece que também perdi a vontade de beber.

Com um leve gesto de Berna, aranhas grandes e pequenas correram juntas em direção a Durov.

Um momento depois, uma explosão alta e ensurdecedora foi ouvida.

Bum!

Serin virou a cabeça quando ouviu o som vindo de algum lugar enquanto lutava para subir as escadas. Viera de relativamente perto.

Será que preciso subir muito mais?, pensou.

Serin já tinha desistido de contar em que andar estava. Era difícil dizer porque as escadas tinham o mesmo formato e continuavam sem qualquer indicação do número. Era claro, no entanto, que estava a uma altura que não teria conseguido subir se não estivesse acostumada com as escadas entre sua casa e sua escola.

Felizmente, viu uma portinha ao lado de onde vinha o som.

— Tomara que seja aqui!

Serin abriu a porta com cuidado, torcendo para que estivesse certa.

O que viu foi, em uma palavra, o caos.

Do outro lado do longo corredor, pedaços de uma placa estavam espalhados, e a porta na outra ponta estava arrancada, deixando o interior totalmente visível. Mas, incrivelmente, o cenário era familiar.

Aranhas que pareciam sombras à primeira vista e vários animais lutavam juntos. As aranhas eram pouco menores do que a que ela tinha visto no ferro-velho, e os vários animais também lhe eram familiares.

E, no meio do campo de batalha, havia um goblin de terno roxo bastante visível, segurando uma xícara de café. Ele tinha uma expressão relaxada, como se estivesse assistindo a uma luta que não tinha nada a ver com ele.

— Durov!

Embora estivesse longe demais para ser ouvida, Serin gritou o nome dele. Ela mordeu o lábio sem querer e um filete de sangue escorreu.

Durov estava tão focado em olhar para o local onde os móveis quebrados se concentravam que não percebeu Serin se aproximar. De um lugar cheio de escombros, como uma tumba, veio um som baixo. Era o gemido de Berna.

— Contra você, nem preciso usar uma esfera de arco-íris — disse Durov, sem mudar de expressão, como se já soubesse que aquilo iria acontecer.

Ele sorriu satisfeito enquanto olhava em volta, já começando a ver a vantagem. Então, inesperadamente, fez contato visual com Serin, que havia chegado na porta.

Durov ficou tão chocado que quase soltou a xícara de café, que costumava não largar por nada. Mas se esforçou para fingir que estava calmo e abriu a boca. Seu controle de expressões faciais parecia mais assustador do que mágica.

— Ora, veja só quem está aqui! Bem-vinda, senhorita.

Era como se ele estivesse atendendo a uma cliente que chegara à sua loja depois de muito tempo.

— Me devolva minhas esferas agora. Eu vou salvar Issha com elas.

Assim que Serin viu Durov, ela foi direto ao ponto. Por mais que tivesse ganhado força graças à vela de coragem, não era algo que ela pudesse dizer de repente numa situação como aquela. A sala barulhenta foi ficando silenciosa.

Durov olhou para Serin sem expressão, como se tivesse esquecido a linguagem humana por um momento. Parecia que ele estava se esforçando para entender o que ouviu.

— Há, há, há, há.

Depois de um tempo, ele jogou a cabeça para trás e começou a gargalhar ruidosamente. Ele até apertou a barriga e rolou no chão. Estava rindo tanto que, se o deixasse assim, ela poderia até derrotá-lo sem lutar.

Mas, infelizmente, ele se levantou.

— Nossa, estou morrendo de medo — disse Durov, enxugando as lágrimas dos olhos com um lenço. — Bem, tente pegar, se for capaz.

Durov ergueu as mãos e assumiu uma postura indefesa, mas Serin não podia se aproximar dele. Os animais espalhados estavam se reunindo ao seu redor.

Suas bocas estavam manchadas com o muco das aranhas das sombras que haviam mordido ainda há pouco e aparentavam estar sangrando.

Dezenas de presas apontaram de uma só vez para Serin.

EPISÓDIO 19:
A COBERTURA

Serin estava paralisada. Talvez o efeito da vela perfumada estivesse passando, e suas pernas começaram a tremer como galhos de árvores.

Com um sorriso malicioso, Durov deu um passo para perto de Serin, assim como os animais que mostravam os dentes afiados.

— Sabe por que eu escolhi você?

Durov fez a pergunta e respondeu ele mesmo.

— Não é porque você é especial. Mas sim porque é a pessoa mais inútil de todas.

Serin cerrou os punhos, mas isso foi tudo. Não representou a menor ameaça para o goblin.

— Alguém que não tem nada, não sabe fazer nada e não tem nenhum amigo. — Durov caiu na gargalhada novamente.— Então, eu pensei: preciso encontrar ao menos *uma* utilidade para uma pessoa tão inútil como você — O goblin vangloriou-se como um matemático que resolve uma equação insolúvel.— Fazer com que trouxesse a esfera de arco-íris foi a solução que encontrei. Ah, claro que não foi fácil...Tive que colorir separadamente cada esfera que você poderia querer. Eu pretendia usar Issha para hipnotizá-la caso se desviasse do meu plano, mas nem isso foi necessário. Você fez tudo do jeitinho que eu imaginei. — Durov tirou uma bolsa de goblin do bolso interno.— E, assim, graças a você, posso conseguir o que quero.

Quando Durov ergueu a mão, as feras se empinaram e se posicionaram para atacar.

— Então, como prova da minha gratidão, acabarei com você de uma só vez, sem qualquer dor.

Tanto Serin quanto as feras respiraram fundo. No fim, a jovem não aguentou de medo e fechou os olhos. Então, algo aconteceu bem na hora que o goblin estava prestes a dar a ordem de ataque.

"*Pam-para-pamdum tchi-dum tchi.*"

O som forte de uma música começou a vir de algum lugar. Berna, que estava enterrada sob os escombros da mesa, mal levantou a cabeça. Seu sorriso era um mistério.

— Temos muitos clientes hoje.

Atrás de Serin, rostos familiares estavam alinhados e vinham na direção dela.

À frente, estavam Mata e Haku, de mãos bem dadas. No ombro de Mata estava o aparelho de som grande que Serin tinha visto na caverna do ferro-velho. A música alta vinha dos alto-falantes.

— Durov! Afaste-se da nossa amiga! — gritou Mata numa voz muito mais alta do que seu corpo pequeno.

— Serin, você está bem? — perguntou Emma, que tinha caído ao pisar em um pedaço de placa espalhado no caminho, mas se levantou rapidamente.

— Seu desgraçado! Tem ideia de quanto sofri por sua causa?! — gritou Nicole, segurando um spray fedorento em cada mão.

— Se... rin...

Toriya também estava presente e chegou com a senhora Popo no ombro. No bolso da frente de Toriya, estava a flor roxa que Serin pegara para ele. Serin ficou muda diante da cena repentina.

Todos a cercaram, protegendo-a.

— Mas o que...

Durov recuou, suando. Assustadas, as feras ficaram paradas, sem avançar. Uma expressão de constrangimento apareceu no rosto sempre relaxado de Durov.

— Como você ousa ameaçar a pessoa que salvou minha vida?! — exclamou Pangko, enquanto dava corda no macaco-robô que trouxera consigo.

O macaco de brinquedo era muito maior do que qualquer outro já visto, e Pangko terminou de montá-lo num instante. Quando o colocou no chão, ele avançou, tilintando os grandes pratos presos às suas mãos como se estivesse batendo palmas. Mas caiu antes mesmo de poder dar alguns passos.

Uma espessa camada de poeira subiu do chão.

— *Cof! Cof!*

Durov aproveitou a oportunidade para recuar. Com a mão livre, pegou outra bolsa de goblin e tirou um pequeno livro de dentro.

Era exatamente do mesmo tamanho do livro que Mata havia perdido.

— Não tenho alternativa, já que chegamos a este ponto.

Durov abriu a página com a partitura. E logo sua voz mal-humorada ecoou por toda parte.

— Ah! Aí está ele! — gritou Mata ao reconhecer.

As esferas flutuaram no ar e uma quantidade ofuscante de luz começou a emanar delas. As esferas logo perderam a cor original e se fundiram. A nova esfera assumiu, como seu nome já dizia, as cores do arco-íris. A esfera pousou lentamente na mão de Durov, como se alguém a estivesse controlando com um barbante.

— Finalmente…

O goblin segurou a esfera de maneira tão misteriosa que chegava a parecer sagrada. Luz emanou de todo o corpo de Durov, mesmo que apenas por um momento, e depois desapareceu depressa.

A luz logo ficou preta para combinar com o sorriso maligno do goblin e o envolveu suavemente.

— Vamos ver…

Quando Durov estendeu a mão, todo o telhado voou. Ele olhou para as próprias mãos, surpreso por ter feito aquilo.

— Hum..

Durov soltou o ar, assustado. Depois, olhou para a parede e estendeu a mão. A parede desabou imediatamente, revelando a magnífica cobertura escondida atrás dela. Os dentes de Durov brilharam ainda mais com a luz do sol que atravessou o teto.

— Se eu derrotar todos vocês, talvez o chefe pare de se esconder e apareça, não é mesmo? Também estou ansioso para ver o quão forte a estátua ficará depois que eu colocar todo o meu poder nela.

Durov apontou a mão para as aranhas caídas. Dela, uma luz negra semelhante a tinta fluiu e os cadáveres das aranhas começaram a se fundir em um só. Instantaneamente se juntaram como argila e se transformaram em uma enorme pedra.

E a pedra logo se tornou uma aranha viva.

Era muito maior e mais grotesca do que a que Serin tinha visto na montanha de lixo. Os goblins até seriam capazes de fechar o cerco contra as estátuas de animais, mas não havia como lidar com a aranha diante deles.

Um suor frio escorreu pela testa dos goblins que protegiam Serin. Pangko, em especial, estava coberto de suor, como se tivesse acabado de lavar o rosto.

A expressão de Serin, que finalmente recuperara a coragem, endureceu novamente.

— Quem se atreve a tocar na campeã do nosso restaurante?!

De repente, uma voz mais alta que um alto-falante ecoou pelas paredes quebradas. A tensão que vinha crescendo foi aliviada por um momento quando todos se viraram para olhar na direção da voz. Aqueles que apareceram no corredor eram todos grandes como uma casa.

Entre eles, o goblin que liderava o grupo segurava uma concha com motivos florais em uma das mãos e cutucava o nariz com a outra.

— Bordo!

Ao lado dele estava um goblin com batatas-fritas presas na barba e outro com uma expressão bem cerrada.

— Hank! Dunkey!

— Eu sei que estamos um pouco atrasados e... — Era Bormo. Com uma frigideira enorme na mão, ele se justificou: — Desculpe. É que o mano tinha esquecido o caminho... mas parece que chegamos bem na hora.

Quando os goblins gigantes ficaram ao lado do grupo de Serin, que estava em menor número, o equilíbrio foi finalmente restaurado. Um por um, os goblins gigantes empunharam os utensílios de cozinha que trouxeram. A aparição deles foi impecável, exceto por Hank, que deixou cair o copo de cerveja.

Durov ficou ansioso à medida que reforços inesperados continuavam a aparecer, mas não perdeu o espírito de luta. Por ter acabado de obter uma esfera de arco-íris, ele estava mais confiante do que nunca. Não era apenas uma questão de humor. A fumaça preta que lhe saía do corpo provava isso. Parecia que ele poderia aguentar por um tempo, mesmo se não comesse ou dormisse.

— Bem, que seja. Acabar com todos vocês será a maneira perfeita de testar minha força.

Uma nuvem escura de energia surgiu da esfera na mão de Durov. A aranha gigante moveu-se lentamente e as estátuas dos animais rugiram com mais violência do que antes.

Ao mesmo tempo, outros goblins que vieram resgatar Serin também assumiram posição de combate.

Nicole borrifou perfume por todo o corpo e apontou o spray fedorento, enquanto Mata segurava o grande livro que havia trazido consigo. Ao lado dele, Haku também estava pronto para jogar uma lata de comida. Emma, com uma expressão solene, tirou do avental uma tesoura de aparar pelos de nariz e rapidamente a substituiu por uma motosserra. Pangko também estava ocupado consertando o macaco-robô caído que, felizmente, voltou a funcionar.

— Acabem com eles!

Com o grito agudo de Durov, um grande confronto teve início.

A poeira que mal havia assentado levantou-se novamente. Ali, goblins, estátuas e aranhas gigantes estavam todos emaranhados. Toriya derrubou duas estátuas de cada vez com seu punho grande, e Popo, sentada em seu ombro, balançou o cajado vigorosamente, embora não tenha conseguido acertar nada.

Mata e Haku mostraram seu trabalho em equipe como se já fizessem aquilo juntos há muito tempo. Quando Mata usou o livro gigantesco para atingir a estátua como quem mata uma mosca, e Haku o ajudou em seu próximo movimento, jogando uma lata de comida.

Pangko também estava se saindo melhor do que o esperado. Ele balançou a corda de pular como um chicote e estrangulou uma estátua que se aproximava. Acima de tudo, o macaco-robô ainda estava conseguindo ficar em pé. A estátua bateu no prato preso ao seu braço e se quebrou em vários pedaços. Além de Emma, esta foi a maior atuação.

Emma se destacou mais do que qualquer outra pessoa na luta. Cada vez que sua motosserra passava, as estátuas caíam indefesas e pedaços de rocha voavam por toda parte. Era como estar vendo uma guerreira bem treinada, em vez de uma esteticista. Aquela goblin toda atrapalhada, que vivia caindo, havia desaparecido.

No entanto, mesmo com os goblins pressionando tanto, eles não pareciam ter muita vantagem.

Isso porque as estátuas eram constantemente criadas pela magia de Durov.

A situação dos goblins gigantes era a mesma. Eles agarraram cada perna da enorme aranha e tentaram derrubá-la, mas o bicho se segurava e os atacava com as outras pernas. Os altos e baixos continuaram.

Ninguém tinha vantagem e ninguém poderia prever com facilidade quem ganharia. À medida que a luta ficava mais intensa, Serin foi dando passos para trás. Ela também queria ajudar de alguma forma, mas não havia nada que pudesse fazer.

Porque é a pessoa mais inútil de todas.

Serin sentia-se muito amargurada, mas não podia negar as palavras de Durov.

Enquanto evitava a luta, Serin já se encontrava à beira do espaço amplo. Durov se aproximou lentamente. O goblin até cantarolou como se tivesse recuperado a compostura. Serin estava tão ocupada assistindo à luta que nem notou sua aproximação até que estivesse bem ao lado dela.

— Tenho um presente especial para você.

A jovem, que via Pangko ser atingido por uma estátua, deixando seu nariz do tamanho de um punho ainda mais inchado, foi surpreendida pela voz repentina.

Normalmente, ela não recusaria um presente, mas em uma situação como aquela, definitivamente não queria recebê-lo. Ainda mais de Durov. No entanto, o goblin parecia não ter a menor intenção de considerar os desejos dela.

Durov pôs e tirou rapidamente a mão do bolso interno.

Serin, que não estava nem um pouco interessada no presente, cobriu a boca no momento em que viu o que ele pegara, mas um grito fraco acabou escapando.

— Eu colei mais ou menos porque estava com preguiça, então não tenho certeza se vai se mover direito.

Ao contrário de suas palavras desconfiadas, sua atitude era cheia de confiança.

— Vou colocar toda a minha magia restante aqui.

Quando os lábios de Durov se moveram, a estátua brilhou e inflou.

— Issha...

E, então, Serin parou de falar. O animal no qual a estátua quebrada se transformara não era o Issha que ela conhecia.

Era um monstro feroz, que daria medo até em sonho.

EPISÓDIO 20:
ISSHA, O ESPÍRITO-GUIA

O rosto de Issha tinha uma aparência horrível, como se estivesse esfarrapado. Cada vez que ele respirava, chamas e uma fumaça preta saíam de suas narinas. Ele exalava calor como se tivesse acabado de sair do inferno.

Apesar da aparência transformada, era com certeza Issha. E ainda que estivesse mostrando os dentes para ela, Serin não sentia medo. Em vez disso, lágrimas quentes escorriam.

— Issha, sou eu. Você me reconhece?

— Grrrrrr.

Descrente, Durov riu.

— Ele não é mais o espírito-guia inocente que você conheceu. É a arma imbatível que conquistará o mundo humano comigo.

O que o goblin dissera era verdade. Mesmo que não destruísse um prédio ou comesse alguém vivo, sua aparência já era suficiente para fazer todos fugirem.

— Issha, me desculpe.

Como se não tivesse ouvido as palavras de Durov, Serin deu um passo à frente. O gato rosnou alto como se fosse devorá-la a qualquer momento.

— Você só pode estar fora de si. Essas são suas últimas palavras?

Mais uma vez, ela ignorou as palavras de Durov. Avançou olhando para Issha, como se não conseguisse ouvir.

— Issha, me desculpe. Eu disse algo maldoso para você que não devia. Mas eu não quis dizer aquilo de verdade. Juro, acredite em mim.

Serin se aproximou lentamente do monstro e colocou a mão na ponta do seu focinho. Issha franziu a testa e a ameaçou, mas ela não tirou a mão.

— Eu te magoei demais, não foi? Está tudo bem se não me perdoar. Eu só queria te dizer que sinto muito. O tempo que passei com você foi o mais feliz da minha vida. Me desculpe, eu percebi isso tarde demais. Acho que não sou digna o suficiente para ser sua tutora.

Durov não aguentou mais e gritou.

— O que você está fazendo?! Livre-se logo dessa humana inútil. Não tenho tempo para brincadeiras. Depois de derrotar o chefe, iremos direto para o mundo humano. Lá, você poderá se vingar à vontade daqueles que te abandonaram.

Issha gritou de dor. Um rugido terrível se espalhou por todas as direções. Não só Serin e Durov, que estavam perto dele, como também os goblins que lutavam à distância cobriram os ouvidos.

Quando o rugido que parecia o de um leão cessou, Issha abaixou a cabeça, que estava ereta. E a energia negra em forma reconhecível começou a escapar. Ao mesmo tempo, seu tamanho, que era o de um boi, foi diminuindo aos poucos e ele voltou à sua aparência original de gatinho.

— Ora, seu inútil...

Durov acenou com a mão em direção à fumaça preta, lamentando pela magia que escapava dele. No entanto, teve que se contentar em reter apenas uma pequena parte dela.

— Gato estúpido que só pensa em comida!

Durov o chutou. Issha, que mal conseguia ficar de quatro, voou, impotente, e acabou encurralado. Ele não conseguia nem gritar.

— Issha!

Sem sequer ter tempo de enxugar as lágrimas, Serin correu em direção ao gato.

Durov levantou um pedaço de tábua quebrada com o que restava da magia que acabara de reunir.

— Agora é realmente hora de dizer adeus.

A tábua de madeira flutuou no ar e apontou para Serin.

— De qualquer forma, mesmo se não fosse pelas minhas mãos, a chuva iria parar logo e você iria sumir para sempre. Mas faço questão de me livrar de você com minhas próprias mãos.

A energia escura na mão de Durov foi transferida para a tábua de madeira.

— Bem, então, descanse em paz.

A tábua voou direto para Serin como se alguém a tivesse arremessado com toda a força. Estava encurralada no canto de uma parede, sem ter para onde escapar.

O goblin, confiante na vitória, não sentiu necessidade de assistir até o final e deu as costas.

Tum!

Ao ouvir o som da madeira batendo e quebrando, Durov soltou a gargalhada que estava segurando.

— Hahahahaha.

Seu destino agora era ir para a cobertura, e não havia mais nada que o impedisse. A batalha ainda acontecia nas proximidades, mas a intensidade já havia diminuído. A motosserra de Emma tinha perdido o corte fazia tempo, e o livro grosso de Mata estava com todas as páginas rasgadas e apenas a capa balançava. Por ter quebrado seus óculos, Pangko tinha batido a cabeça na parede e estava inconsciente, enquanto o rosto de Toriya estava cheio de hematomas das pancadas que levara. As pétalas roxas que ele amava haviam caído no chão e tinham sido pisadas por tanto tempo que seus rastros eram irreconhecíveis. A maioria dos goblins gigantes já havia caído e não conseguia lutar. Não havia mais milagres possíveis.

— É o fim.

Durov estendeu a mão segurando a esfera de arco-íris para reabsorver toda a magia que havia usado. E justo no momento em que parte do poder preto retornava das estátuas às quais ele havia dado poder...

— Issha não é um gato estúpido que só quer saber de comer.

Por um segundo, Durov não pôde acreditar no que estava ouvindo. Atrás dele, havia algo que não deveria estar ali. Serin, que obviamente deveria ter caído após ser atingida pela tábua arremessada, estava ilesa. No espaço onde a jovem se encontrava, o pedaço de madeira estava partido ao meio.

— Mas como você...

— Issha é o gato com o melhor apetite do mundo! — interrompeu Serin, com um grito.

Então ela puxou uma perna para trás e assumiu uma postura estranha. Uma postura que Durov nunca tinha visto.

— E, acima de tudo... Ele é meu melhor amigo.

Nesse momento, a garota girou o corpo para trás e atingiu o queixo de Durov com seu chute. Não deu nem tempo de o goblin perceber o que o acertara. Com uma expressão confusa nos olhos, foi arremessado no ar e caiu de cabeça para baixo. Durov rolou no chão por um momento e se levantou imediatamente.

— *Malchita secha!* — disse, com uma pronúncia prejudicada, já que seus dois dentes da frente estavam quebrados.

O goblin, então, estendeu a mão agressivamente. Mas não havia nada nela, porque tinha perdido a esfera de arco-íris que segurava com toda força quando caíra. Ela rolava sozinha pelo chão.

Serin e Durov correram em direção à esfera ao mesmo tempo.

Mas o goblin foi mais rápido e, cantando vitória antes do tempo, se surpreendeu quando sua mão agarrou o vazio.

— Issha!

Antes que pudesse perceber, o gato tinha se levantado e corrido para pegar a esfera. Agora, entre Durov e Serin, olhava de um para outro com a esfera na boca.

— Vamos, Issha. Seja um bom menino. — falando dissimuladamente, o goblin se aproximou lentamente.

Issha parecia não saber para quem entregar a esfera. O rosto de Durov exibia um sorriso falso.

— Você tem que ouvir seu mestre de longa data, não é mesmo, Issha? Me traga essa esfera.

Durov conseguiu chegar perto o bastante para alcançá-lo se jogasse seu corpo. Serin gritou ao ver o goblin tentando partir para cima do gato:

— Issha! Engula a esfera!

— Não!

Os dois gritaram ao mesmo tempo e Issha fez o que Serin mandou.

A esfera, agora na barriga do gato, começou a emitir uma intensa luz branca que saía pela boca dele. Issha levitou lentamente e qualquer um que o visse perceberia que aquele era o instante em que a esfera de arco-íris mudava de dono.

Durov, jogado para trás pelos efeitos de uma rajada de vento, não aguentou a luz forte e virou a cabeça.

Serin também estava deslumbrada, mas não desviou os olhos até o final. Embora não pudesse ver muito por causa da luz, sentiu que aquilo era uma despedida. Issha continuava a subir devagar cercado pela luz e logo formou um rastro iluminado atrás de si e voou através por entre as nuvens, direto para o céu. Mesmo não sendo noite, o lugar por onde o gato desapareceu reluzia como as estrelas.

E, então, acabou.

Você reencarnou.

Serin lembrou-se do desejo de Issha.

Tum!

Serin se virou com o som repentino. A enorme aranha havia tombado o corpo, esmagando os goblins gigantes. A partir disso, as estátuas de Durov começaram a ser demolidas uma a uma. Tudo o que restava do último andar, que parecia ter sido varrido por uma tempestade, eram goblins feridos e pedaços de pedra quebrados. A única pessoa de pé era Serin, mas também ela logo desmoronou de exaustão.

Foi então que aconteceu.

A porta da cobertura, que parecia que se manteria fechada com firmeza para sempre, começou a se abrir lentamente.

Do vão da porta aberta em silêncio, apareceu uma grande figura, com ajudantes de cada lado.

Embora uma luz brilhasse por trás dela e apenas sua silhueta fosse visível, Serin percebeu que era uma pessoa muito velha.

E não foi difícil adivinhar quem era.

EPISÓDIO 21:
O ARMAZÉM DE TESOUROS

— Senhor Yan!

Como se confirmasse os pensamentos de Serin, Berna, que tinha desmaiado, finalmente recobrou a consciência e gritou. O chefe e seus auxiliares aproximaram-se deles muito devagar, numa velocidade quase rastejante.

Serin logo descobriu o porquê.

O chefe Yan era tão velho que até ficar de pé lhe parecia difícil. Seu rosto, coberto de manchas e rugas, já apresentava sinais de exaustão.

— Chefe!

Os goblins, que recuperaram a consciência tardiamente, se ajoelharam e cumprimentaram-no. No final, o chefe não conseguiu dar mais passos e parou no meio do caminho, com a respiração pesada.

— Chefe! O senhor precisa cuidar da sua saúde.

Berna estava preocupada com ele, apesar de ela estar mais ferida. Yan sorriu com bondade e falou com uma voz que só poderia ser ouvida por quem prestasse atenção.

— *Hala Mor Nell.*

Serin não compreendia o que ele estava dizendo, mas parecia significar algo como "Estou bem". A mão do chefe começou a brilhar.

A luz que irrompeu dali envolveu Serin e Berna, além dos numerosos goblins que estavam caídos. Serin imediatamente sentiu seu corpo se recuperar. Berna, que parecia que nunca mais iria se levantar, sacudiu os escombros e ficou de pé.

Ela caminhou na direção do chefe, mas acabou indo primeiro até Durov, que tremia, e bateu na nuca dele, deixando-o inconsciente. Então, voltou a andar até o chefe e se ajoelhou.

— Desculpe. Eu não queria preocupar o senhor, mas fui muito inadequada.

O chefe balançou a cabeça.

— *Tor b'Delia.*

Então, ele apontou o dedo para Serin.

— *Bera sum kanta.*

Berna olhou para ela.

— O chefe quer falar com você.

— Comigo?

Serin engoliu em seco. Quando Berna assentiu, a jovem se aproximou de onde Yan estava. Ele parecia ter o dobro da altura dela e emitia uma aura que tornava difícil até mesmo olhar no seu rosto. Serin abaixou a cabeça automaticamente.

— *Beren moha ktok jan nirha.*

— O chefe perguntou qual é o seu desejo. — Berna traduziu na hora.

— Eu...

Serin pensou por um momento. Já tinha algo em mente. Por mais que pensasse sobre o assunto, não conseguira encontrar nada melhor. Sua boca, fechada há muito tempo, se abriu.

— Eu quero pessoas que me amem tanto quanto Issha.

— *Hono?*

— Tem certeza?

Serin finalmente tomou coragem para fazer contato visual com o chefe e assentiu.

Yan virou o corpo pesado e olhou para a cobertura. Quando ele estendeu a mão, o chão ao seu redor começou a tremer levemente.

D-d-d-deuk.

Era o som de outra porta mais ao fundo da cobertura se abrindo. O outro lado estava cheio de joias brilhantes e tesouros de ouro e prata. Havia mais esferas guardadas ali do que Serin jamais tinha visto. Quando o chefe gesticulou levemente, uma delas voou para ele como se atraída por um ímã. Ele colocou-a na palma da mão de Serin.

— Essa é...

Serin não conseguiu terminar de falar. Não porque a esfera era incrível ou não tinha gostado dela. Pelo contrário, foi porque ela lhe parecia familiar. Era a esfera que Serin tinha deixado na loja de penhores de infortúnios quando chegara ali. O lenço floral que sempre carregava consigo ainda estava enrolado nela.

A jovem tirou os olhos da esfera e olhou para o chefe. Ele parecia já ter entendido o que a expressão de Serin significava.

— *Jamo de Racuntra*.

— Ele disse que esse é o desejo que você acabou de mencionar.

Enquanto Serin permaneceu em silêncio, o chefe deu mais um passo com esforço e se aproximou dela. Colocou a mão sobre a esfera e murmurou baixinho, numa língua que ela continuava sem entender.

Mas, desta vez, não foi preciso um intérprete.

Eram palavras com as quais Serin estava muito familiarizada.

— *Dru Ep Zula*.

● ● ●

Uma mulher estava lavando pratos em um lugar que lembrava um restaurante. Ela aparentava ter cerca de quarenta anos, mas os cabelos grisalhos a faziam parecer mais velha. Parecia ter algum compromisso urgente e lavava a louça sem parar, sequer endireitando as costas.

Um homem mais velho, que devia ser o chefe dela, surgiu.

— Hoje não é o dia de cerimônia de admissão da sua mais velha? Pode ir!

Como a mulher já estava enxaguando o último prato, rapidamente tirou as luvas de borracha. Agradeceu e estava prestes a sair apressada, quando o homem a segurou e estendeu um envelope branco.

— Não é nada demais, mas coloquei um dinheirinho aí. Considere isso um bônus. Vê se compra umas meias para usar.

A mulher olhou para os próprios pés. Por fora dos chinelos surrados, suas meias, já costuradas diversas vezes, estavam furadas de novo.

Ela não se fez de rogada e saiu da cozinha, agradecendo repetidas vezes. Logo tirou o avental, pegou a bolsa e saiu, apenas para esbarrar em outro garçom que estava servindo no hall.

— Ai, tia. Toma cuidado.

A mulher pediu desculpas ao funcionário, que era muito mais novo que ela, e limpou a sujeira de comida da roupa com um lenço úmido. Apesar de não ter ficado limpa por completo, deu uma olhada no relógio e saiu às pressas da loja.

Ela foi até um colégio. O cartaz acima do portão principal dizia "Trigésima Sétima Cerimônia de Admissão de Novos Alunos". Outros cartazes, que ainda não haviam sido retirados, estavam cheios de nomes de universidades onde recém-formados haviam sido aceitos. Parecia uma escola de prestígio, cheia de bons alunos. Ao passar pela porta da frente, a mulher ajeitou a roupa sem motivo.

O parquinho em frente ao colégio tinha sido transformado em estacionamento e estava repleto de carros luxuosos e importados, daqueles que raramente se vê na rua. A julgar pelo fato de ninguém sair deles, parecia que ela tinha chegado por último. A mulher correu para o auditório onde acontecia a cerimônia.

Felizmente, ainda não havia começado e a pessoa que procurava parecia estar longe. Estava de olho em certa estudante de cabelo curto.

Enquanto a mulher corria no meio da multidão, ouviu vozes próximas.

— Seus pais não vieram? — perguntou um homem que parecia ser o professor da turma.

A aluna hesitou por um momento e depois assentiu.

— Meus pais viajaram para o exterior.

O homem deve ter percebido imediatamente que era mentira e não fez mais perguntas. Em vez disso, lhe deu um tapinha no ombro.

A mulher não conseguiu se aproximar e parou no meio do caminho. Alguém bateu em seu ombro e passou, mas ela não se moveu, como se fosse um manequim. Hesitou por um momento quando anunciaram que a cerimônia começaria em breve, mas acabou indo embora. Tinha tentado cobrir desajeitadamente com a bolsa barata a mancha de molho de kimchi em sua roupa, mas ela continuava ali.

Em vez de ir direto para casa, dirigiu-se a um banco próximo.

Por sorte, era um horário com pouco movimento. Ela entregou no guichê o dinheiro recebido no restaurante, junto com sua caderneta. Um sorriso orgulhoso surgiu nos lábios dela ao receber o documento de volta.

A caderneta de poupança continha letras claras e cuidadosamente escritas.

Poupança para a faculdade de Serin.

● ● ●

O cenário mudou mais uma vez.

Desta vez, uma garota mais ou menos da mesma idade da estudante de antes estava parada na beira da estrada. Era um horário em que os alunos deveriam estar na escola, mas ela estava na frente de uma loja de roupas, olhando os uniformes escolares refletidos na vitrine. Ao lado dela, estava uma amiga magrinha, que parecia ter a mesma idade, só um pouco mais alta.

— O que foi, você quer voltar para a escola? — perguntou a amiga, fazendo uma bola de chiclete.

— Que nada.

A garota bufou, mas não conseguia tirar os olhos do uniforme.

— Vai na frente, tenho umas coisas pra resolver.

A amiga olhou para ela sem expressão. Depois, correu em direção à faixa de pedestres, onde o semáforo acabara de ficar verde.

— Ok, vejo você mais tarde então.

A garota acenou levemente com a mão. Ao vê-la atravessar a faixa de pedestres, abriu a porta da alfaiataria e entrou.

— Bem-vinda.

O alfaiate, que andava de um lado para o outro com uma fita métrica, viu a garota e cumprimentou-a com alegria. Tinha uma gentileza nele que era característica das pessoas de bom coração. A garota também o cumprimentou educadamente e olhou em volta. Ternos de todos os tipos estavam cuidadosamente pendurados em cabides, e o proprietário idoso sorria.

— Eu... vim comprar um uniforme.

— Pois não, por favor, venha comigo.

O alfaiate levou a garota diante de um espelho, tirou as medidas e perguntou o nome da escola. Ao ouvir a resposta, o alfaiate que se dirigia ao armazém, perguntou:

— Ah, por acaso, qual seria o nome da aluna para escrever no crachá do uniforme?

A menina, que respondia a tudo sem hesitar, fez uma pausa.

— Kim Ye-rin... não, Kim Serin.

— Pelo jeito, não é o seu nome, é isso mesmo?

Tendo dirigido a alfaiataria há mais de trinta anos, o proprietário não só tinha habilidades de corte, mas também um apurado senso de percepção.

— Sim, é para uma amiga.

— Vocês devem ser bem próximas, não?

A garota fechou os olhos e ficou perdida em pensamentos, como se buscasse lembranças. O alfaiate esperou por ela sem insistir, pensando se havia algo acontecendo.

A resposta foi surpreendentemente simples, comparada ao longo pensamento.

— Sim, ela é minha melhor amiga.

E, então, Serin estava de volta à loja dos dias de chuva. Mas ela não conseguia levantar a cabeça. Uma gota d'água pairou na ponta do seu queixo e pingou no chão.

Antes que percebesse, os goblins se reuniram ao redor dela um por um e a envolveram em uma roda. Deram um tapinha no seu ombro.

— Está na hora de ir.

Nos cantos dos olhos de Serin, que só então olhou para cima, havia vestígios de lágrimas enxugadas apressadamente.

— Obrigada a todos.

— Nós é que agradecemos.

Emma segurou firmemente as mãos de Serin.

— Cuide-se, está bem?

— A loja foi salva graças a você.

— Como eu já almocei, vamos comer juntos da próxima vez.

Berna cobriu a boca de Mata, que falava baboseiras.

— A loja está uma bagunça e teremos muita coisa para colocar em ordem, mas nos veremos novamente algum dia.

— Tchau.

— Vá com cuidado.

— Anda logo!

Os goblins da loja se despediram de Serin. Embora quisesse ficar, sabia que não restava mais tempo. Toda aquela água do relógio já tinha sumido, e até a última gota estava evaporando devagar. O chefe esperou pacientemente até o fim e, pouco antes de a última gota d'água desaparecer, lançou um feitiço em Serin.

— Bem, adeus, pessoal.

Ao mesmo tempo, o corpo de Serin começou a brilhar.

A jovem, cujas pernas começaram a desaparecer gradualmente, tentou guardar a imagem dos goblins em sua mente.

Serin foi lentamente perdendo a consciência, como se estivesse caindo em um sono profundo. Ainda assim conseguiu ouvir vagamente a voz de Berna.

— O chefe está propondo mudar o nome da loja para "Loja do arco-íris", já que vamos ter que reformá-la. Para passar a ideia de nunca perdermos a esperança, por mais que a situação seja difícil, assim como o arco-íris que sempre aparece depois da chuva. Todos concordam?

— Sim!

Os goblins gritaram em uníssono.

Serin abriu os olhos devagar.

Será que foi tudo um sonho?

Nada parecia tão diferente de quando havia chegado. A paisagem ao redor e a casa abandonada estavam iguais. Porém, se antes já era noite, agora, a manhã se anunciava.

Um vento úmido passou pelo seu rosto e o ar fresco encheu seu peito.

Serin olhou para o céu distante sem pensar em nada. E não conseguiu tirar os olhos dele por muito tempo.

No céu claro, um arco-íris reluzia, mais vívido do que nunca. Ficou tão absorta com a imagem que só notou o objeto que segurava na mão depois de um tempo.

Uma pequena esfera estava em sua palma. Embrulhada com firmeza num lenço velho e cafona. Serin desatou o nó devagar.

Como esperado, era uma esfera vazia, exatamente como era quando a deixou pela primeira vez.

Mas Serin não pareceu decepcionada. Em vez disso, a segurou com força contra o peito, como se tivesse conseguido o tesouro mais precioso do mundo.

O céu então foi clareando ainda mais.

A esfera transparente refletia serenamente o vívido arco-íris.

EPISÓDIO 22:
ARCO-ÍRIS

— Você progrediu bastante desde a última vez, hein, Serin? Enquanto ela praticava chutes, o instrutor de taekwondo que passava ficou surpreso e admirado.
— Você foi a um treinamento especial ou algo assim?
— Bem, digamos que sim.
Serin inventou uma desculpa qualquer. Quando o instrutor ficou ao lado dela por um tempo, um por um, outros alunos demonstraram interesse nela. Entre eles, o colega em quem Serin estava interessada.
— Qual é o segredo?
— Hein?
— O que você acabou de dizer, como você treinou?
— Ah...
Serin percebeu o que ele quis dizer e ficou surpresa.
— Você realmente estava treinando por fora?
— Bem... Na verdade...
Serin ia enrolar, mas confessou honestamente.
— Minha casa é num lugar alto.
O estudante pensou por um momento e disse:
— Você mora num apartamento bom, é isso?
Serin o corrigiu:
— Não é isso, é uma casa no alto de um morro, tem muita escada e...
O estudante ainda parecia precisar de mais explicações.
— A área que vai ser revitalizada, sabe?

— Ah!

Ele assentiu como se finalmente tivesse compreendido.

— Acho que minhas pernas foram ficando mais fortes de tanto subir lá todos os dias. Mas não é grande coisa, eu acho

Serin abaixou a cabeça de vergonha ao sentir que expusera seu ponto fraco. Porém, contrariando as expectativas, o estudante respondeu com uma cara muito séria.

— Não, é um exercício muito bom. Se não tiver problema, posso ir com você lá depois do treino?

— O quê?

Certa de que tinha ouvido errado, Serin perguntou de volta. No entanto, o estudante apenas disse o que tinha a dizer e foi embora.

— Até mais tarde, então!

Pasma, ela ficou ali por um momento. Seu rosto estava vermelho o suficiente para alguém que a visse achar que ela tinha acabado de beber algo alcoólico em pleno dia. Olhou apressadamente pela janela.

— Ah...

A chuva, que caía forte desde a manhã e parecia que duraria para sempre, acabou parando de uma hora para outra. As nuvens escuras haviam se dissipado.

Um arco-íris apareceu no céu, como se fosse uma promessa.

De repente, Serin se lembrou da loja e de seus amigos. Então, um sorriso apareceu em seu rosto, talvez pelo compromisso que marcara com o colega, ou porque uma boa lembrança lhe veio à mente.

Um raio de sol entrou pela janela e pousou em seu ombro.

— Voltei!

Em casa, como sempre, sua mãe estava costurando.

— Serin, você tinha algum pacote para receber? — perguntou a mãe, apontando para a caixa colocada na frente da sapateira. — Chegou um para você, mas não tem nome do remetente.

Serin analisou a caixa de vários ângulos.

— Parece leve. Então deve ser roupa...

— Ah! — Serin fingiu saber, como se lembrasse de algo. — Provavelmente uma amiga me mandou.

— Amiga?

— Sim, minha melhor amiga — falou Serin com confiança, como se já tivesse aberto o pacote.

A mãe inclinou a cabeça uma vez e continuou costurando.

— Quer dizer que a minha filha tem amigos que eu não conheço?

Serin apenas sorriu sem dizer nada.

— Ei, mãe. O que é aquilo!?

A mãe ajustou os óculos e se aproximou de Serin.

— O quê?

Serin seguiu o olhar da mãe e olhou para a porta, que ainda não estava fechada. Havia um gatinho enfiando a cabeça pela fresta.

— De onde veio esse gatinho? Eu vi uma gata de rua grávida um tempo atrás. Será que ela deu à luz?

Em resposta ao palpite plausível de sua mãe, Serin se lembrou da gata para quem ela tinha dado pedaços de melão. A mãe tentou espantar o gato com uma vassoura, mas parou.

— Mas é tão estranho.

— O quê?

— É um gato, mas age como um cachorro. Olha só como ele abana o rabo. Não é estranho?

— Realmente — respondeu Serin sem entusiasmo, enquanto olhava o gato mais de perto.

— E olha só que bichano abusado. Já vem chegando em você assim?

O gatinho pulou nos pés de Serin, que nem havia tirado os sapatos, e ficou se esfregando em suas pernas. A jovem ficou muito feliz, mas uma expressão sombria de repente apareceu em seus olhos.

— Mãe, será que... nós podemos ficar com ele?

Serin achou que a mãe diria não, mas a resposta foi inesperada.

— Criar um gato? Do jeito que você é? Deve ser meio difícil...Só se... em troca, você limpar o xixi e o cocô, está bem?

— É sério? Sim!!!

Serin respondeu tão alto que a mãe se assustou e estremeceu. Ela repreendeu a filha, dizendo que suas orelhas quase caíram, mas o sorriso não largou o rosto de Serin.

— Mas que nome vamos dar para ele?

— Eu já sei.

— Mas já? Que rápido.

Só então Serin tirou os sapatos e entrou em casa. E começou a ajudar a mãe a costurar as meias.

— Mãe, acho que a vida é como as meias furadas.

— Você amadureceu, hein? Agora sabe coisas sobre a vida que nem sua mãe ainda sabe. — disse, meio admirada e provocativa. — Mas me explique isso das meias furadas.

Serin abriu um sorriso quase invisível.

— Porque nós podemos ir costurando as partes esburacadas junto com as pessoas queridas. Certo, Issha? — perguntou Serin, olhando para o gato, que já estava se acomodando dentro da caixa da entrega. Mesmo tendo acabado de receber um nome, já agia como se a casa fosse dele.

— Miaaauuu — respondeu Issha, como se tivesse entendido exatamente.

EPÍLOGO

Olá, esta na hora do homem que lê a história. A história de hoje é de uma estudante do ensino médio, cujo nome não foi revelado:

"Oi,

Sou tutora de primeira viagem de um gato e uma garota com muitos sonhos, que também quer fazer parte da equipe de demonstração de taekwondo.

Sei que minha história não será escolhida, mas estou enviando porque tem algo que quero dizer.

Tenho uma mãe que, apesar da pobreza, costura como ninguém, e uma irmã mais nova que mora longe e tem um bom coração.

Não consegui me expressar porque era muito tímida até então. Mas gostaria de dizer, pelo menos nesta carta, que as amo.

Eu comecei o taekwondo depois dos outros, e algumas pessoas da vizinhança me perguntam de que serve uma mulher praticar essa luta. Mas eu realmente quero me tornar membro da equipe de demonstração de taekwondo.

Ainda me falta muita habilidade, mas se eu não desistir, algum dia posso conseguir, certo?

Seria ótimo se isso fosse possível.

Já não sei mais sobre o que estou escrevendo.

Acho que não tenho talento para contar minha história.

Mesmo assim, deixarei um pedido de música.
Porque a gente nunca sabe o que pode acontecer.

P.S. Também quero mandar um oi para os amigos com quem convivi nesta estação das chuvas."

Esta foi a história enviada por uma amiga muito fofa. Posso até sentir o carinho que ela tem pela família e os amigos.

Ela diz que começou a praticar taekwondo tarde, mas nunca é tarde para fazer o que nós sonhamos ou o que gostamos. Sempre podemos começar agora mesmo.

Talvez seja por isso que a palavra "presente" significa "este exato momento" e, também, algo que recebemos com carinho de alguém.

Bom, vou tocar o pedido de música da última história do dia. "Tomorrow better than today"

It may feel like it's raining,
But don't forget that
Behind dark clouds there's sunshine shining

It may seem hopeless,
But don't forget that
Behind failure there's always opportunity

It would seem that everything is over,
But remember that
The end is a new beginning.**

** Pode parecer que a chuva não para de cair,/ mas não se esqueça de que por trás das nuvens cinzas o sol brilha./ Pode parecer que não há saída,/ mas não se esqueça de que/ por trás do fracasso sempre há oportunidades./ Pode parecer que o fim chegou,/ mas lembre-se de que/ todo fim é um novo começo.

AGRADECIMENTOS

"Não acreditamos que sua escrita seja o suficiente para uma publicação."

Esta foi a primeira linha de uma resposta recebida após um email que enviei para uma lista de editores, com meu péssimo manuscrito anexado. Na época fiquei muito mal. Mas olhando para trás, agora, me sinto grato por este retorno. Comecei a me questionar o que seria bom o suficiente para uma publicação e para ser desejado por livrarias e bibliotecas por muito tempo.

Ainda hoje não entendo por que escolhi escrever, dentre tantas outras coisas.

Será que foi porque eu tinha um livro nas mãos quando me escondi para não ser intimidade por outras crianças na escola? Ou foi porque após ser rejeitado pela Universidade de minha escolha vaguei por horas nos cafés das lojas de quadrinhos e livrarias? Ou por que os anos de estudo para passar em concursos públicos não deram em nada e fui me consolar na pequena biblioteca do meu bairro? Seja qual for a razão, meus amigos estavam começando a desistir de seus sonhos quando eu decidir considerar um novo, e escrever meu deu um novo propósito de vida.

Mas sem qualquer instrução formal na área de escrita criativa, pegar papel e caneta e simplesmente escrever não foi assim tão simples. Minha primeira tentativa de arrecadar em um financiamento coletivo para escrever não arrecadou nada, e o livro independente que publiquei foi devolvido por todas as livrarias. Me inscrevi em concursos, mas meu nome nunca entrou na lista dos finalistas. Para piorar as coisas, gastei todo o meu dinheiro pagando profissionais que pudessem alavancar meu livro. Era verdade, então: minha escrita não tinha o que era preciso para ser publicada.

Minha segunda tentativa de financiamento coletivo seria minha última chance. Mas, finalmente, alguém postou uma resposta. Eu lembro de chorar agradecido, eu queria retribuir meu leitor pelo seu incentivo, então voltei para o laptop mais uma vez. E comecei a ter ideias e mais ideias.

Que tipo de livro eu gostaria de escrever? Algo que deixe os leitores com o coração quentinho, mesmo depois da última página. Algo leve, divertido, mas com significado. Um livro que poderia curar corações feridos e oferecer esperança em tempos difíceis. Isto seria perfeito, pensei. E assim nasceu este livro.

Então veio a terceira tentativa de financiamento coletivo, que foi ainda mais bem recebida do que eu imaginei. Ainda que problemas tenham levado a reimprimir todo o livro em algum ponto, tudo foi resolvido pelos meus financiadores, que enviaram incentivos e ajuda. Eu até consegui um contrato com uma editora após anos de rejeição. Vou me lembrar de toda essa jornada até o fim da minha vida.

Este livro não teria sido possível sem a ajuda de inúmeras pessoas.

Em primeiro lugar, gostaria de agradecer aos mais de 900 financiadores que me deram sua confiança e investiram neste livro. Em segundo lugar, gostaria de agradecer ao presidente Youn Seng Hun da Editora Clayhouse, que fechou vários contratos com internacionais antes da edição coreana ser publicada oficialmente, bem como editora chefe Kim Dae Han, que sempre esteve lá para me apoiar em minhas crises de preocupação e ansiedade. Agradeço também ao designer Sim A Kyung por supervisionar todo o processo, ao ilustrador Jedit pela incrível arte da capa original e Gongo-gan, CEO da editora e Son Hyeong-seok pela produção do livro original na Coreia do Sul.

Acima de tudo, gostaria de agradecer a Se-Jin, que me encorajou a escrever quando eu estava desesperado e abatido. Se-Jin, você sempre esteve por perto, até mesmo pela descrição da loja dos dias de chuva, inspirada em um sonho que você me contou. Graças a você pude continuar escrevendo enquanto fazia bico como telemarketing e delivery até conseguir finalizar o manuscrito.

Por fim, agradeço à minha querida família e aos leitores que adquiriam este livro. Embora seja óbvio, todos nós temos nossos medos e preocupações. Se você está lendo esta mensagem e está passando por momentos difíceis, eu espero que essa história ofereça um pequeno encorajamento. Mesmo quando tudo parecer impossível, mesmo quando você se sentir sozinho no mundo, saiba que você é muito amado por outras pessoas. E que os dias de chuva logo darão lugar à um arco-íris brilhante no céu para todos nós.

Que este livro seja o arco-íris apontando na direção daquilo que você procura.

You Yeong-gwang

Direção editorial
Daniele Cajueiro

Editora responsável
Mariana Rolier

Produção editorial
Adriana Torres
Júlia Ribeiro
Juliana Borel

Revisão de tradução
Núbia Tropéia

Revisão
Gabriel Demasi
Marina Góes

Diagramação
Douglas Watanabe

Este livro foi impresso para a Livros da Alice, pela Vozes, em 2025. O papel do miolo é Avena 70g/m² e o da capa é Cartão 250g/m².